Lacres, laços
e suspiros

Paulo Ludmer

Lacres, laços e suspiros

Copyright © 2022 Paulo Ludmer
Lacres, laços e suspiros © Editora Reformatório

Editor:
Marcelo Nocelli

Revisão:
Natália Souza

Imagens da capa:
pixabay.com

Design e editoração eletrônica:
Karina Tenório

Dados Internacionais de Catalogação na Publicação (CIP)
Bibliotecária Juliana Farias Motta CRB7/5880

Ludmer, Paulo, 1944-
    Lacres, laços e suspiros / Paulo Ludmer. – 1.ed. – São Paulo: SGuerra Design, 2022.
    166 p.: il.; 14x21 cm.

    ISBN: 978-65-88091-64-7

    1. Contos brasileiros. I. Título.
L945l   CDD B869.3

Índice para catálogo sistemático:
1. Contos brasileiros

Todos os direitos desta edição reservados à:

Editora Reformatório
www.reformatorio.com.br

Para
Charles David KocerginKis, clarinete
Jairo Moris, arquiteto
Moisés Baum, economista
Noemi Jaffe, escritora

Sumário

Lacres

Lacres de família	9
Wuppertal	15
Procedimentos	22
Xampus	28
Samovar	34
Cinzas	39
Largo da Concórdia	43
Amanhecer	48
Terra Santa	51
Isidoro	57
Espinhos	63
Exorcismo	69
Justa causa	73
Alice	78
Perdigotos	85

Laços

Jornal	89
Aquidauana	92
Sirene	95
Um tico	101
Elza	104
Emil	108
Galati	118
Pino do Gepeto	124

Suspiros

Zulmira	131
Calcinha	134
Suspiro	137
Atraso	144
Diadorim	148
Balancim	153
Marguerita	160
Mitral	164

Lacres

Lacres de família

Renata Vince correu o mundo até encontrar seu irmão José, maltrapilho, malcheiroso, no Garça de Prata, sucata no canal de Amsterdã. Pele sobre ossos, de cócoras, ele sequer a reconheceu, resmungava para um albatroz na escada úmida e podre. Crack aceso.

Em Marília, nenhuma pessoa abria uma garrafa de refrigerante fechada pela Renata. Sua técnica fazia um lacre imbatível ao som do riso caipira. Quase estourava o couro da torneira da pia no casarão do Bexiga, república de estudantes na Capital, onde, anos depois, ela e Zé Vince se aboletaram para vencer na vida. Mas, os irmãos campestres se desviaram nas noites metropolitanas. A jovem era conhecida pela ladainha "Isso é tão Tênis Clube de Marília", imitada em jogral sem que se importasse com a gozação, às vezes, irônica trocava tênis por pênis.

Adolescente, Renata travava garrafas térmicas a ponto de impedir que as abrissem para servir café às visitas de seu lar católico, mãe submissa e pai rábula de paletó.

A família repreendia, mas as visitas riam encantadas com a desfaçatez da jovem. Que tomassem café num bar, desdenhava ela na cozinha. Aluna mediana na Escola Estadual questionava os costumes. Driblava a severidade do pai e a proteção da mãe, declamava modernos textos libertários.

Medalhista em arremesso de peso nas olimpíadas escolares do Estado de São Paulo, abusava de uma potência no seu bíceps e tríceps, no manguito rotador. Braços harmoniosos, tendões firmes. Não se trata de força, mas de jeito, explicava cada vez que superava a prima Aurora nos arremessos de peso. Estatura média, bem constituída, pernas finas e ossos grossos, ela vencia a prima Aurora ricaça preparada por técnico juramentado. Esta rival, que recém iniciara sexualmente o Zé Vince, enchia Renata de presentes e convites para fins de semana na fazenda de cana de açúcar, mas desfazia da performance atlética da prima que "intimida rapazes".

Adulto, o Zé Vince definhava na pauliceia. Escalado para protetor de Renata na grande cidade revelou-se frágil num corpo gigante e adernou no crack para esquecer o caso da mãe com o dentista; o pai entregue ao pôquer e o desprezo da prima Aurora. Perdedor, geravam maledicências em Marília. Da irmã se dizia que a forçuda perdeu a virgindade na Capital, infeliz nos rápidos relacionamentos. Fez uma gastrite crônica de tanta porcaria ingerida fora de casa, entre um e outro baseado. Com os desatinos, ela esqueceu do irmão.

Reprovada em vestibulares de direito na Universidade de São Paulo, Renata descartou bandeiras sociais num emprego burocrático, afogada na papelada de uma metalúrgica do ABC. Coquete, manteve o cacoete de enrolar as pontas dos cabelos, avolumar os seios, demarcar curvas para o apetite do chefe com quem logo dividiu um *loft* de cinquenta metros quadrados perto da fábrica. Onde aplicar o afeto senão no emprego em que a gente fica doze horas por dia?

Bastaram doze meses e as diferenças os separaram. Renata compreendeu o que perdera: sem teto, sem emprego, sem o conforto do *controller* — ele não a deixava sair com as amigas, ir ao cinema. O ciumento aplicava-lhe safanões, tendo ela que se policiar para não quebrar o pescoço do gajo, girando-lhe a cabeça como tampa de garrafa. Por fim fugiu do purgatório de cinco por dez metros quadrados.

Sem talento para dona de casa ou vocação para a maternidade — farta do secretariado e de transas casuais, Renata assumiu-se artista plástica na seara das instalações. Foi de um marchand que aspirava comê-la que compreendeu que o lacre de torneiras, refrigerantes e cafeteiras serviria de gancho para uma releitura da realidade. Dele brotou a ideia de fechar e abrir lacres à frente da sociedade.

Célebre, Renata enriqueceu. Obteve patrocínios da indústria de alimentos e bebidas, da farmacêutica, de higiene e limpeza, incentivos fiscais culturais, bienais e prêmios globais. Despertou agências de publicidade, críticos, antropólogos e redes sociais com instalações temáticas de Lacres de Família, sob a rubrica La Vince. De pronto, Marília lhe concedeu o título de cidadã ilustre. Ainda hoje, na Ossétia do Sul, num enorme galpão igual aos de Inhotim (MG), sob espessa penumbra, ventiladores ocultos levantam saias e zunem brisas para visitantes, enquanto um troar de canhões proveniente de poderosas caixas acústicas faz vibrar o cenário no qual mesas cobertas com garrafas térmicas, com letreiros em cirílico e inglês, desafiam os visitantes a destravá-las. Importa que participem, vale o que sentem, repete Renata para as agências de notícias.

Em Viena, em simbiose com o público, um cigano escandalizou a mostra porque não conseguiu abrir e beber dessas garrafas. No Burundi, um telejornal associou a proposta de Renata à indispensável excisão do clitóris das meninas muçulmanas.

Renata Vince em sombria visita à mãe viúva ouviu: O seu irmão José se perdeu pelo mundo. É sua hora de cuidar dele, pediu a matriarca antes de falecer em seus braços. Missão que a artista assumiu abnegada. A consagrada brasileira apelou para a Cruz Vermelha,

Médicos sem Fronteira, Green Peace... até que a sorte a pôs diante da Aurora, na Redstrasse de Amsterdã. Quase não se reconheceram. Cruzei com o primo Zé no Canal, em frente ao Museu da Anne Frank. Um bagaço. Fiquei chocada. Prepare-se.

Superada a vertigem, abraçou a adversária nos arremessos de peso, resgatando o sotaque:

— Pelo amor de Deus, leve-me até ele. Minha cabeça vai explodir... E você, fez filhos, Aurora? Tentando sair do medo que lhe dominava.

— Nenhum, confessou a prima, minha grande paixão foi você; o caso com o Zé era possuir um pedaço seu. No Tênis Clube, seus pais intuíam, então fiquei no armário.

— Nunca desconfiei de você. Hoje meu tempo acabou. Sequei. Desisti. Desbotei. Ganhei dinheiro e perdi hormônios. Evitava vocês a fim de preservar a família. Seu pai me bolinava no estábulo da fazenda. Mastiguei calada essa bala.

— Papai era um canalha, mas nenhum lixo nos aporrinha agora. Não precisamos outra vez fumar escondidas nos vestiários. Vamos ao Zé.

Quatro semanas depois, o corpo do Zé foi cremado na Holanda e as cinzas espalhadas em Marília. Não houve mais do que farrapos de conversas entre Renata em declínio e Aurora, às voltas com a falência da fazenda. Apenas uma Garça frequenta as hortênsias e quaresmeiras do seu ninhal. Na cerimônia em memória do Zé, na paróquia de Santo Antônio, Renata discursou: viemos do mesmo lugar. Andamos pelas mesmas ruas, debaixo das mesmas árvores. Enfrentamos ventos fustigantes, as mesmas poeiras, mordendo os mesmos caroços. Mas o que a vida desarruma, a morte asseia. José se afastou porque troquei laços por lacres.

Wuppertal

— Doutora Alice, me apresento, sou Ana Quitéria, de São Paulo. Permita-me chamá-la de você, que me indicaram como advogada de brasileiros há anos em Dusseldorf. Me ajude por favor, estou muito nervosa. Perdão por telefonar numa hora dessas, mas me disseram que você é flexível, generosa e complacente. Vi no sítio dos Correios, porque fiz uma remessa para a Alemanha, que um pacote de livros para Wuppertal foi entregue num imóvel errado, para um tal de Salz Bergman, no 57 da Hoelderlin Platz.

— Calma, vamos por partes. Há anos atuo em toda a extensão do rio Wuppertal, em toda a bacia do Reno. Fiz minha vida profissional nesta região. Conte tudo devagar como posso ajudar você? Aqui me preparava para fazer ioga.

— Alice, em São Paulo, meu futuro, minha reputação, estão em risco. Depende de quem vai receber minha correspondência. Estou ferrada se um capeta abrir os oito livros que remeti para minha irmã. Minha esperança de que isto não aconteça se baseia na disciplinada educação germânica. Costumam devolver o que não é deles, sem abrir. Já perdi uma máquina fotográfica num trem em Bonn, guardaram e devolveram. A mim cabe — e já fiz — reclamar imediatamente a devolução da encomenda. Sabe-se lá, os tempos mudaram. Uma matilha de degenerados ronda em todas as cidades do mundo.

— Na Alemanha? Na Renânia? Aqui a maioria é bastante civilizada.

— Leite derramado. Tenho de esperar, em São Paulo é madrugada de domingo para segunda-feira. Amanhece por aí. Preciso aguardar algumas horas com o coração na mão pois o tal de senhor Salz definirá meu destino. Temo que dificilmente ele será cortês... são frios. Em Wuppertal, uma velha quase me agrediu porque faltava um centavo de Euro na fila do caixa na farmácia. Somos os desprezíveis cucarachos que ainda pagam remédio em dinheiro sem ao menos planejar a carteira.

— Você já pediu auxílio da telefônica regional? Ela tem condições de localizar e conectar alguém no 57... experimente.

— Já fiz isso. Consegui o telefone fixo do 57. Atendeu uma secretária eletrônica, voz de anúncio de analgésico Bayer, seca, descolorida, um robô que nem pede para deixar recados. Num alemão ríspido, nada comunicativo, identifica-se por Salz Bergman e desliga. No Brasil, seria um paranoico contra golpes e sequestros. Deve ser dos que têm aversão a latinos e refugiados. Afinal, Wuppertal é pequena, provinciana, todos se conhecem e uns espionam a vida dos outros. Mas tem excelente centro de pesquisas educacionais. Ah, meu Deus, será que o cara fala inglês? Nem todos falam. Eu não compreendo fluentemente alemão.

— Nervos atrapalham, Ana, faça um esforço de baixar a bola. Conjecturas deixe para mim. Antes de o pessoal da cidade sair para o trabalho, não tenho como entrar no circuito. Para tudo há caminhos. Entendo que se o embrulho se extraviou, você ficou de mãos atadas. Mas sua preocupação parece desproporcional. Por que tanto medo?

— De imediato antecipo que conto com os seus serviços de advogada, peço indenização moral e material para o serviço postal. Mas não se trata de dinheiro.

— Como assim, Ana? O risco dos Correios é natural no mundo todo. Não é indicado processá-los sem mais nem menos.

— Toda a vida rabisquei livros de minha estante. Entre eles, postei os que serviriam para o *paper* de conclusão de curso de minha irmã caçula, que faz pós-graduação em psicopedagogia na cidade. Nesses originais eu acrescentei, como sempre, pontos de exclamação. Palavras sublinhadas, algumas verdes, outras, amarelas e vermelhas, mexi em tudo. A rigor nas laterais e, às vezes, no miolo das orações acabo fazendo um livro novo sobre aquele que leio.

— Isso é comum. Aqui chamam de amor táctil ao livro. Autores desejam essa interação com leitores. Ana mal posso acreditar. Veja só a coincidência: a embaixada brasileira me manda O estado de S. Paulo, com atraso é claro, que eu devoro. O último jornal publicou um texto sobre este tema que eu estava saboreando na hora que você me ligou. É um artigo do correspondente na França, Gilles Lapouge.

— Verdade? Justamente agora. Qual o título, Alice? Tenho o jornal na versão eletrônica e não vi. Posso resgatar na internet.

— "Uma defesa de rabiscar livros" no qual confessa: "Faço com que minha voz seja ouvida. Escrevo bravo, exagerado ou mesmo magnífico. Nos silêncios da narrativa, engendro aventuras que o escritor não imaginou, mas seus heróis amariam viver. Às vezes critico o autor. Quando empresto o livro a um amigo, ele fica horrorizado: arruinei o objeto sagrado". Demais não acha, Ana?

— Me identifico inteiramente. Tatuo os livros que leio.

— Tenha fé, Ana, minha avó era devota de São Benedito, a realidade é que é extraordinária.

— Pois é. Estarei culposamente flagrada se o senhor Bergman abrir meu pacote e relacionar minhas digitais no Flores da Escrivaninha da Leyla Perrone-Moisés, com os deslizes que fiz na secção portuguesa da biblioteca de Wuppertal, onde pus bundas no Desassossego, do Fernando Pessoa e pintos no segundo volume do Dom Quixote, de Cervantes. Ah se arrependimento matasse, que nunca contei a ninguém. Enchi de pênis, bundas e seios obras clássicas. Minha autoria das reinações está denunciada no pacote de minha irmã se cair em mãos adversas.

— Adversas? Ainda não se consolidou a prova do seu delito. E adianto que infrações aqui não se perdoam. Se punem, se pagam. Mesmo que em dinheiro.

— Visitei minha irmã faz oito semanas. Aproveitei os períodos em que ela estava ocupada. Me instalei na biblioteca curtindo a calefação, onde rabisquei pelo menos uns cinco clássicos emprestados, Dante, Paz, Calvino... Eu preparava minhas aulas para o retorno à Universidade de São Paulo. Apliquei um monte de inserções nas edições espanholas de A Montanha Mágica, do Thomas Mann; a Náusea do Jean Paul Sartre; e Ecce Omo de Friedrich Nietzsche. Eram leituras pertinentes ao meu trabalho, quase todo elaborado no silêncio quentinho da sala de leitura. Entre as asneiras, deixei meus rastros, pois desenhei os mesmos pênis e bundas no Ecce Omo. Se descobrem meu crime por paralelismo, por semelhanças, nem sei qual é a pena, a desonra, o meu sepulcro acadêmico. Boa parte a lápis, mas teve caneta também. E a vergonha? A humilhação, a carreira? O mundo é pequeno para este tsunami.

— Não, ainda não associaram a você. De fato, brasileiros aqui não têm a melhor fama.

— Minha irmã me contou que indignados divulgaram a ação pecaminosa em todas as mídias e redes sociais locais, ofertando premiação a delatores.

— E esse endereço, número 57, é dentro do Campus?

— É ao lado da biblioteca, a setenta metros. Talvez seja um de seus departamentos de administração. Por isso aguardo sem sono.

— Tome um ansiolítico. É preciso aguardar o desfecho, uma loteria. Ainda não existe uma causa para atuar. De todo modo, darei uma estudada numa estratégia a seguir. No mínimo será obrigatório repor os exemplares originais. A briga será por clemência aos danos morais. E pelo valor da multa. Me passa por e-mail uma procuração em alemão, criptografada, cujos termos eu envio antes. Depois falamos de honorários, mas há custas preventivas e processuais. Tenho de ligar o taxímetro. Dedicarei algumas horas pesquisando.

— Não me aflija ainda mais com essa despesa imprevista. Você conhece o salário da Universidade de São Paulo? Apesar de ter tomado um sonífero cavalar, vivo meu próprio velório. Minha maninha, à primeira luz do dia, irá até o número 57 solicitar o pacote enviado para ela.

— Ana, a Leyla Perrone-Moisés te deve essa. Quem não quer uma leitora qualificada? Luzes, sombras e dissabores margeiam qualquer travessia. Tudo pode ser uma maçã e não um meteorito na cabeça. É lenda medieval que Wuppertal decepa membros de infratores.

Procedimentos

Fumante desde moço, Leo tosse à cabeceira da mesa de fórmica à frente da equipe da secção. Aspira o pó do carpete encardido coalhado de ácaros. A reunião que já ultrapassa três horas paralisa os serviços na repartição: carimbos, grampeamentos, processos de infração tributária. Ao final, redigirão a Cartilha de Procedimentos, um regimento interno para a turma. Na estante ao fundo mofa a frase: "O exercício da virtude não é uma ciência exata".

Bigode fino, sobrancelhas engrossadas, orelhas pontudas de lóbulos soltos, Leo arbitra as sugestões da turma com voz de locutor de rádio de frequência modulada. Suspensórios, calça de linho branco, sapato preto, ar de parafuso espanado, a longa chefia o puiu sem linha para coser qualquer recomeço.

— Dona Maria, estamos com cupim na copa. Cavaram galerias no forro. Temos verba para formicida? Estragam as pinturas infestadas por todos os espaços do meu gabinete, dezoito metros quadrados preciosos do que foi um dormitório do palacete dos Campos Elíseos. Suas falas invadem a copa ao lado da cozinha convertida em refeitório de auxiliares. A ineficácia é de um elevador que nunca chega. No auge das exportações dos arábicos, o casarão do final do século XIX fora palco de festas e saraus. Hoje, a cada ônibus que passa na rua, trepidam as ripas de cerejeira no chão do imóvel bem alugado para a Justiça estadual. Sem uso, vizinho à atual Cracolândia, o palacete seria um cortiço mal-assombrado no qual mortos ficam bem onde caem. No quintal, antes ajardinado, ainda pipilam pássaros sobre arbustos descuidados e um anão de gesso, cabeça de gente e corpo de galo. No centro uma imitação de Brancusi com nariz e dedos arrancados. Leo evita o jardim porque considera o ar livre um miasma da morte.

Pescoço delgado à Modigliani, Leo desenterra a cabeça dos ombros. Volta a enterrá-la entre pigarros e novas tosses. Pouca carne no magro esqueleto. Dedos longilíneos servem-no esquálido, encruado na carreira devotada aos livros do "Dever e Haver", há muito violada pelas calculadoras eletrônicas. Ali, reusar, refazer, reformar, são impronunciáveis. As escrivaninhas de mogno ainda estão em uso devido à catatonia da gestão. Qualquer museu daria muito pelas relíquias como o cuco do século XIX.

Nos semblantes desta manhã, tédio e paciência. A lenta elaboração do Manual dos Procedimentos da autarquia oculta um embate. Dona Maria e Carmem, tácitas, disputam a baia desocupada por uma aposentada junto à janela que recebe brisa e luz natural. Para que janela? Traz o barulho das ruas, o ar empesteado, tudo que atrapalha a eficiência, desdenha Leo acomodado na esgarçada cadeira de palha da reunião.

— Canalha, consegue-se ler nos lábios da taquígrafa, Dona Maria.

— Merda, cochicha Carmen para a estagiária ao lado.

Desanimadas pela desconstrução, as duas olham para onde o ronco do ventilador se mistura com o burburinho da rua. O vento inútil da engenhoca, que nem se fabrica mais, não consegue arrastar sequer um guardanapo na mesa de fórmica. O calor abafado, úmido, fustiga os ombros desnudos da concursada Carmem que odeia o Artigo 36 dos Procedimentos — o que rege um trajar com decoro. Seu mantra é o esplendor do mundo é a beleza da velocidade.

Meio-dia. Mais uma frase aposta nas normas regimentais é aprovada antes do intervalo para o almoço: bater ponto atrasada requer sair mais tarde.

Almoço na copa, Leo mastiga as costumeiras torradas sem glúten com chá de cidreira. Pensa em comprar sachês, no final da tarde, na volta para casa. Consulta o

Manual do Charadista, lutando por decifrar a última da Revista Desafio. Do outro lado da rua, no balcão do Moscatel, mordendo um alcatre, Dona Maria não se conforma. De madrugada, sufocada, abre a janela do seu quarto, o marido a fecha contra pernilongos. Ela a abre calorenta, o marido a fecha temendo câimbras no orvalho. Ela disputa ar fresco no trabalho.

Perto dali, no salão Olimpo a litigante Carmen relata para a manicure: cresci nos cotovelos de Heliópolis, num barraco de quatro por oito metros, com meus pais, duas irmãs e um tio pedófilo. Havia uma só janela para um beco de dois metros de largura. Na lateral, passava um córrego fedido.

Na retomada, coube à Dona Maria ler as anotações parciais da Ata. O grampeamento de duzentos calhamaços de petições atrasaria para o dia seguinte. Retomada a leitura, Inciso II, Parágrafo 20: "Regras para o atendimento dos telefones". Carmem protesta:

— É o dia do rodízio do meu carro. Tratem de trocar a minha escala.

O tema queimou mais quarenta minutos em arengas sobre vírgulas, asteriscos, sintaxes e lexicalidades incidentes em creches, licenças diversas, doenças, partos e funerais. E Carmem aproveitou para reclamar do sabonete vagabundo no lavatório, falta de cadeado no armário e da protelada adoção de uniformes:

— Preciso trocar de roupa. Termino o dia suada. É humilhante assistir desse jeito as minhas aulas na Faculdade de Letras.

Raivoso, movendo as orelhas molengas como guardanapo, Leo desanca a analfabeta em taquigrafia:

— A senhora reclama, só reclama.

Vaporosa, Carmen sabia que o domínio da taquigrafia avantajava Dona Maria na disputa pela janela. Ao fim desta farpa, sem hesitar dispara seus recursos. E Leo sente, debaixo da mesa, o roçar dos seus pés na panturrilha. Justo dela, cujas saias demarcam os contornos das calcinhas cavadas. As blusas transparentes, a *lingerie* rendada.

Sem retirar o pé do calcanhar do burocrata, a concursada consegue a palavra:

— Vou ser breve. De escrita sei eu. No mundo digital, qualquer idiota segue instruções do tipo *para saber mais clique aqui*. Papéis hoje são cadáveres.

E Carmem dobra a aposta nos pés — o da esperteza e o da sedução. De cima para baixo da panturrilha, Leo absorve a lubricidade. Sem filhos, sem amigos, lavou carros para cursar contabilidade, olha mais uma vez para as rachaduras na parede ("O prédio cai antes do que eu"); mira a janela de ferro fundido inglês; e rende-se. Possuir Carmem é pauta desde que, ao acaso, vira uma nesga do seu monte de Vênus no Natal.

Sente o tremor nos lábios finos, um tiroteio no escuro, Leo ergue-se impensadamente. Tosse. Esgrime imagens recorrentes do último exame na consecução do diploma de contabilista, e corta bruscamente a leitura de Dona Maria no capítulo "Outros". Tenta dizer algo em meio às mensagens que recebe dos tendões de sua perna esquerda, mas o som se esvai. Intui que cruzou sem retorno o fantástico. Aturdido, expele um volumoso estoque seminal de longa abstinência, enviando um olhar confessional para a própria braguilha. Sua visada contamina as subalternas estupefatas com as contrações. A mancha cresce no linho branco. Os olhos da turma sequer piscam até que uma buzina na rua degela o espanto, a procela.

Golpeada no decote das circunstâncias, nunca usa brinco porque furar a orelha é coisa de índio, Dona Maria, evangélica pentecostal, acha uma saída no Pentateuco — há que seguir escalando a vida, mesmo carregando fardo nas costas. Austera, índole de socorrista, restauradora da ordem, determina:

— Inútil taquigrafar as disposições transitórias nos Procedimentos. Finalizamos amanhã. Primeiro moemos o trigo, depois fazemos o pão. Nos caminhos, há pedras que o tempo dissolve.

Xampus

Forço o zíper da mala para enfiar os xampus do banheiro, machuco a unha do indicador. Acomodo uma latinha de graxa para sapatos, linhas e agulhas para emergências, tubinhos de condicionadores, cremes de barbear e a caixa com lencinhos de papel para a rinite. Fecho com cadeados toda a bagagem. Amanhece. Os vapores da noite se despedem dos arbustos da alameda. Pela janela do hotel ouço uma canção lombarda.

Experiente com vazamentos líquidos capazes de estragar presentes e roupas, vai tudo dentro de sacos plásticos. Apressado espremo na mala inchada um mostruário de borboletas encomendado pelo cunhado. Confiro as chaves dos cadeados e deixo o apartamento 990 do cinco estrelas milanês. Pago a conta e parto recuperando um pedacinho das gordas diárias carregando tralhas de banheiro com dizeres em italiano.

Nos retornos dos périplos profissionais, eu costumava distribuir essas preciosidades de higiene e limpeza saboreando a alegria das faxineiras, porteiros e motoristas presenteados em São Paulo. Minha família jogaria frascos no lixo. Eu mesmo, para uso cativo, retinha apenas os lenços de papel, agulhas, botões, linhas em quantidades.

Arrasto trinta quilos sobre rodinhas pelos duzentos metros, entre a rua Napo Torrani e a estação de trens de Milão, em cuja lateral embarco por preço módico no ônibus rumo ao aeroporto de Malpenza. No percurso, planejo os compromissos que me esperam no Brasil. Vênus no firmamento subscreve que a noite ainda não se despedira. Quero logo atravessar o oceano, desfrutar a benesse de chegar.

O fim do outono demanda casaco, malha, ceroula, luvas, cachecol, dificultando meu acesso aos bolsos do dinheiro e documentos, incrementando o temor obsessivo da perda e do esquecimento. Criticado em casa, vivo problemas por antecipação. Dois anos antes, já havia sido assaltado com graves perdas na estação ferroviária de Amsterdã, onde os viciados atacam estrangeiros para angariar o que seja para conseguir cocaína.

Chego ao Terminal I, com duas horas de antecedência exigidas pela companhia aérea, a despeito de privilégios da passagem executiva, habituado às prevenções contra o terrorismo. Cumpro os procedimentos, fixo o assento no avião e sigo para a inspeção aduaneira. Alegre, a poucas horas de reencontrar os entes queridos.

Radiografada a bagagem, um grandalhão fardado, queixo dobrado sobre o pescoço, ordenou que o acompanhasse até uma saleta metros adiante. Determinou a abertura de todos os cadeados, enquanto eu, em italiano grotesco, seguro de inocência, ofereci orações pelo futuro da Inter de Milão no campeonato italiano. Espio seu rosto impávido encravado em ombros enormes, olhar indefinido sob uma boina enterrada na cabeça braquicéfala. Um personagem demolidor.

Por que eu levava um quinto de metro cúbico de líquidos químicos? Descrevi, em inglês, meu perfil profissional nômade e os prazeres distributivos na bricolagem de chegar em casa. Em silêncio, o agente retirou-se. Aguardei vinte minutos (ou séculos) a gelar os ossos. Reapareceu acompanhado de uma superiora mal-encarada e *beagles* farejadores. Entregou meus invólucros aos narizes dos animais que se agitaram: havia um saquinho de rapé que levava de presente para um cliente aficionado.

Algemaram-me e largaram numa saleta de quinze metros quadrados, incomunicável. Eu, dois persas, uma queniana e uma afegã. Ai de mim. Para não enfrentar filas e interrogatórios nas aduanas de desembarque da Comunidade Europeia, viajava com passaporte polonês. O brasileiro esquecera em casa.

Sem banheiro, uma cortina de tule imunda sobre uma falsa janela, me dei conta de que perdera o avião. A claustrofobia me torturava asfixiado e desidratado. Havia que esperar. Fariam uma análise laboratorial de tudo que coletaram em minhas bugigangas. Dias de espera? E o deboche em São Paulo? Invejosos teriam jogado praga? Três dias detido, desalentado, solicitei até eutanásia nas horas de insônia no cubículo. Ao final, advertido por induzir a aduana ao erro, proibido de retornar à Comunidade por seis meses, paguei as custas e comprei do meu bolso um novo bilhete aéreo, desta vez econômico, de volta a São Paulo. E fui demitido no retorno à fábrica de papel e celulose devido à perda da mobilidade.

Do pântano de assombrações, emergi depois de meses de melancolia. Empreendedor usei os recursos das indenizações trabalhistas desenvolvendo uma farta produção de rapé na Bahia, que exportei abundantemente para o Irã (associado à dupla persa de amigos que fiz no cativeiro de Malpenza). Sem pudor ganhei um bom dinheiro a despeito dos boicotes europeus e norte-americanos a Teerã.

Num descuido engravidei uma piemontesa — a primeira esposa me degredou — e readquiri livre circulação mediterrânea. Apaixonei-me pela rapariga, a começar pelas iniciais de seu nome de banco internacional de investimentos, seu perfil magricela, seios pontudos, alvos dos meus desejos atiçados pelas calcinhas de cetim. Foi um biscoito da sorte e pequenas mentirinhas para melhorar a realidade. Ela precisava de provedor, eu de um drinque, "Vista este modelo, a seu corpo compete", apostava em aberrante hipocrisia. Com pincel de barba no espelho do banheiro, ao amanhecer eu escrevia um verso recorrente: você é meu devaneio de outono. Outros versos eu fotografava e remetia para seu celular. Superava qualquer buquê de margaridas.

Meus cabelos pratearam. Brigamos, ela fugiu com um grumete filipino, alegando que a curiosidade não lhe dava trégua. Admiti perder para o encanto da diversidade. Cada qual em suas cordilheiras e avalanches, e desfiz o cotidiano empoeirado. Parei de citar aforismos em festas de salão. Esvaziado meu arsenal de gracinhas, murchei no amor.

Renovada a solidão, aprumado, servi-me novamente das embalagens de xampus e fiz delas as estruturas de instalações plásticas. Nas galerias de Bolonha, Assis e Nápoles, sou reconhecido pelas originalidades. A imprensa resenha as instalações à frente do tempo, perturbadoras, indutoras de desassossego, timbres do real.

Cobro por ideias para gente rica à base de esculturas de embalagens de xampus, como se brotassem do solo, mixando espaços internos e externos, em pilhas de metros nas quais colo poemas (meus, de Dante, Pessoa e Rimbaud). Sou patrocinado por dinheiros públicos, fundações contra mudanças climáticas e bilionários mecenas.

Desse modo, nas recorrentes mostras, provenho os visitantes (que querem ver e serem vistos) com brigadeiros e pães de queijo brasileiros desconhecidos além-mar. Vaidades, ignoro para não rir. Debocho de láureas e bajulações escalafobéticas. Separo amor de sexo. Assim, prego pacotes de polietilenos de alta e de baixa densidade nos postes de Torino, Parma e Gênova, promovo arranjos contra o efeito estufa reciclando poliuretano e derivados do benzeno. Tergiverso esculpindo entre uma língua e outra no palheiro do espanto, entre sombras malhadas de sol.

Samovar

O trecho plano desta rua me delicia. Ah viajar, errar. Ser qualquer fruta a cair da árvore, qualquer árvore, qualquer chão. Livre do blazer. Vadio revivendo a querida Rue Sainte Catherine, saboreando Roland Barthes na livraria Bateau Yvre. Nada mais se leva da vida.

Nove horas, orelhas geladas. Fim de primavera, fosse inverno e vitrificava-se meu nariz. Na minha saleta de professor estaria lendo o clipping diário político e econômico. Mas é a vitrine da Bateau que me espelha, mais flácido, cabelos brancos, cada vez mais parecido com meu pai e avô. Cara enfezada, defeitos incorrigíveis. Uma atendente jovem me examina.

Emoção livre de corrimões, disfarço o hilário ar de estrangeiro absurdo. Faço pose ornamental, ajeito a coluna, perscruto uma prateleira. Estanco com a foto de Dostoievsky, legendado como antissemita pela *Jewish review* de Jonquiére. Sepulto Fiodor? Trago no peito seu Príncipe Mitchkin. As pernas querem se mover. Apresso-me a sair.

Sorrio para a atendente, será russa? Oferece-se ao sol a lavar sua face rósea. Depois do café da manhã, deixando o *lobby* do Sheraton, decidi não falar: só narra quem ouve. Caço grãos fora da caixa. Desejo a jovem de pele branca de neve, de olhos azuis, marcada pela saia ajustada. Ela espessa sentidos. Careço de afagos e Montreal assanha esperanças. Mas, a virtude da diligência impõe seguir perambulando, agendei encontro de trabalho somente às onze. Paciência. Vez ou outra vem um floquinho branco cair sonso no meu ombro.

Preciso do calor de um café. Fazer xixi. Dois passos e entro no *Beau Pain*, cujas paredes exibem surrados cartazes cinematográficos de monstros sagrados: Jeane Moreau, Jean Gabin, Humphrey Bhogart e Marylin Monroe, Mastroiani e Cardinalle. Atrás do balcão um vídeo oferece uma corredeira degelando nas montanhas Rochosas, que me expele para longe. Nas margens, as folhas não se mexem, não há vento, não há lama. Ao lavar as mãos, quase toco uma samambaia para confirmar que fosse de plástico, mas o olhar censor de um garçom me inibe. O *ristreto senza vapore* é maravilhoso como o de Florença. Prossigo à deriva sem olhar alfaces e couves numa quitanda.

Uma música infantil escapa de uma loja de CDs. Revejo o carrossel de Juiz de Fora de minhas férias na casa da tia Bela, na rua Santo Antônio a um passo da Presidente

Vargas. Prédios e sobrados que não existem mais. Bondes, jardineiras. Comparo com o Teatro Colombo no Largo da Concórdia que soçobrou à ignorância paulistana.

Sou alcançado pela garçonete do Beau Pain, onde deixei cair meu maço de *Gauloise* ao pagar a conta. *Chevalier*, mereço? Percebo seus mamilos friorentos. As *moules* e os *couchons* que tanto apreciam aqui temperam moças sensuais. O *quebecquá* desperta o erre gutural. Seria eslavo se não me escapasse obrigado em vez de *merci*.

— Você é brasileiro? Pergunta em genuíno lisboeta. De São Paulo?

— Estou aqui por uns dias. Meu nome é Pedro e o seu?

— Maria Auxiliadora, de Marvão.

— Encontro muitos portugueses por aqui...

— Somos uma grande leva que escapou de Salazar.

Cabelos lisos negros, à sombra de um bigode nascente, inseguro encolho a barriga. Uns quarenta anos, discreto crucifixo sobre a blusa branca, uniforme de trabalho, cabelos *chanel*, ombros largos, ancas mediterrâneas. Começamos bem cedo aqui. Nosso *croissant* é o melhor de Montreal.

Prometo voltar. Não consigo ultrapassar a velha do andador. Escorrego pelos becos adiantado para minha reunião. Escapo do barulho dos carros. Retorno na altura do 1211, onde um camelô, jaleco de médico e altivez de chefe, assa batatas irlandesas. Ele só conversa em francês.

O *concierge* do hotel indicou esta figura como patrimônio da cidade.

Dou de cara com o Moyen Age, dez metros de antiguidades na calçada, minha paixão. Transeuntes desprezam a tralha. Entro. Testo a porta de vidro de um relógio centenário, do tamanho de um oratório colonial. Numa gôndola envelhecida, badalo sinos de bronze para conhecer seu som. Um samovar de prata me atrai. Grafado com letras douradas: 1878, Secureni e os nomes de Berko e Natália Oigman.

Palpita o coração. Seriam meus bisavôs da Bukovina? Ofego. Acendo um dos meus negritos. Yves, o antiquário, me percebe alterado. Pergunto sobre a história da peça. Pertenceu a fugitivos de Kaminitz Padolsky para o Canadá, sobreviventes dos pogroms autorizados pelo Czar Nicolau na Podólia, Moldava, Romênia... em toda a Bucovina. Venderam o Samovar para a loja inaugurada em 1921, uma raridade de prata de lei. Tentei represar o ar mas tossi, engasguei e comprei.

— Aguarde, Yves, vou buscar meu *traveller check* no hotel. Embrulhe para avião devo abrir na alfândega em São Paulo. O juízo fica para depois.

Olho em torno, há crise, a Sainte Catherine abriga mendigos que dormem nas marquises. Mais uns passos, em frente a uma farmácia é imperativo sentar-me. Uma dor no peito constante chega no ombro, segue no braço.

Vomito o desjejum. Já esparramado no chão gelado alguém desabotoa meu casaco e a camisa. Sirenes. Preciso apanhar o samovar.

Cinzas

— Alô, Maria do Céu?
— Sim, quem fala?
— Plácido, não reconhece a voz?
— Parece gripado.
— Nada. Nada. E aí maninha querida?
— Tudo bem? Saudades.
— O seu marido já se acostumou com Boa Vista? Reclama do calor, da umidade?
— Vai-se indo, nada como um dia atrás do outro. Ele anda triste, trabalha, trabalha, se sente autômato. Não me faz um carinho desde que nasceu o nenê. Descarrega as raivas em mim. Tenho medo que encontre outra, sem amigos, interlocutores. Sentimos falta de família. Venha passar uns dias.
— Acho ele esquisito. Nunca usa bermuda, camiseta, havaiana. No churrasco come maionese, legumes no espeto. Diferente de nossa casa. Você, criada entre hortênsias e quaresmeiras. Ele, vegetariano num açougue.

— É bom pai, mantém a geladeira cheia. Todas amigas casaram com problemas. A maioria sustenta a família. Melhor assim do que sozinha. Você quer que eu me separe?

— Se você não me responsabilizar, eu quero. Aproveita que está jovem, tem tempo e atrativos. Assistente social, quer envelhecer nesta barranca?

— Segredo. Mas estou gostando do meu dentista. Segredo, hein. O nenê precisa do pai, lhe faz bem. Quem vai me querer, outro bode velho cheio de filhos?

— Não se entregue, volte, São Paulo ainda é um grande salão de baile.

— Para mim um cemitério de ilusão.

— Ontem fui ao oculista, a miopia estacionou, o fundo do olho está normal, a pressão também, queria dividir com você. Meu sobrinho, engatinha?

— Falta pouco. O Juninho estranha o ar abafado, os mosquitos. Tudo requer mais cuidado. O serviço de saúde é ruim. Há poucas verduras e frutas. Nem pensar em creche, só particular. Para piorar, homem não ajuda, só opina.

— Fez amigas? Já lá vão oito semanas.

— Só com ratos. E você? Compra logo um computador. Financia. Te ajudo.

— Até posso, mas você sabe, sou ligado na Remington. Tantos anos. Mal enxergo as letrinhas desbotadas. Quero lhe contar uma cena...

— Diga.

— A caminho do médico, no metrô, espremido numa balzaquiana, ela me veio com essa: "Suas sobrancelhas são iguais às do meu finado". Naquele aperto, coxa na bunda, balanço, ponta dos pés, ela sussurrou no meu ouvido: "Taturana na testa me anima".

— Você reagiu?

— Protocolar. Peguei o número do celular, só por educação. Desisti de namoros. Para mim, mulher é commodity. Pago e depois aproveito na escrita.

— Você não presta, quando publicar a tralha avisa. Durmo sossegada porque jura que retirou o que pedi?... Nem sei do que eu seria capaz.

— Apaguei, relaxa. É saga, não biografia. O Cinzas na Urna está com 202 páginas e, neste junho, completa seis anos de escrita. Deixei a gramática, aboli justiça, compaixão. O que acha de eu introduzir a taturana do metrô?

— Chega de conversa mole e vá trepar com a viúva.

— Ah, lembrei. Liguei também porque troquei as chaves do apartamento. Tirei cópia para você usar quando vier a São Paulo. Foi por causa dos originais do Cinzas na Urna. A faxineira tinha a chave velha.

— Plácido, que interesse teria a Lindalva pela papelada? Ela mal assina o nome.

— Do Céu, sonhei que ela era cúmplice de um ladrão do Cinzas.

— Mas é só sonho.

— O ladrão era o nosso vizinho com quem você ficava na rua Belém.
— Você precisa de um terapeuta. E desde quando sonha e crê na predição?
— O Ruy hoje é dono da Editora Trinta Letras. Desprezou meus originais. Sacana.
— Mano, existem dezenas de outras médias e pequenas. O Ruy não é bom de caráter, me traía com a espanholita da vidraçaria.
— Para mim o pesadelo foi premonitório.
— Daí você chamou o chaveiro. Olha só, agorinha ouvi no rádio que morreu o Saramago.
— Incrível; isso estava no meu sonho premonitório.
— Como assim?
— Por Deus, esta morte abre a porta para o Cinzas. Somos da mesma família literária. Isso destampou. Todo espaço vazio tem de ser ocupado.
— Tá doido, acredita nisso?
— Me agarro na sorte e no invisível....
— Plácido, aqui só dá fraldas, novela e mormaço. E seu tique diminuiu?
— Só quando me distraio ergo uma sobrancelha, agora só uma.
— Entendo. Afe, o nenê está berrando, tenho de preparar a mamadeira, ligue mais vezes, ligue a cobrar, beijo.
— Do Céu, agora que mudei a fechadura, pus as cinzas da mamãe no aparador da sala.

Largo da Concórdia

— Vô, tenho medo de perder o trem.

Todas as noites o atraso se repete. Se fosse de gado, os frigoríficos exigiriam reparação. Vindo de Juazeiro, o trem baiano engata o único vagão leito em Juiz de Fora que arrasta até São Paulo.

— Em Minas não se perde a hora. Pode comer seu bolo. O trem para um tempão aqui. Até manobrar e atrelar o carro-leito muitos passageiros saltam, canecas nas mãos, fazem fila nas torneiras do banheiro. Fugidos da seca se arriscam para mitigar a sede dos mais debilitados.

— Passou por Curvelo? Montes Claros? Quanto tempo falta?

— Faz dias que o telégrafo está mudo, até clarear o dia o baiano aparece. A locomotiva já encheu o tanque de água em Montes Claros, informa o ferroviário de uniforme azul, apito no pescoço e óculos de tartaruga. Roncos de motores inusitados começam a atravessar as paredes da estação, a menina dos olhos de D. Pedro II. O barulho provoca uma revoada de pássaros.

A cidade é orgulhosa. Foi em Juiz de Fora que se completou o primeiro interurbano brasileiro, desde o Rio de Janeiro. O imperador adorava o verão ameno da Zona da Mata. Ela foi pioneira com uma hidrelétrica, rede de gás e água encanados, bondes, saneamento e um Cristo iluminado no topo do morro que nós meninos escalávamos. No cume, a vista era a de um Everest.

No vagão inerte da Central do Brasil, impúbere, açodado, eu entro com todas as malas na cabine 18, cobertores suspeitos de sarna e piolhos, um luxo face à penúria dos flagelados retirantes nos bancos de madeira. Um vento outonal pela janela cola minha franja na testa. Lá fora, plácidos, meu irmão e mãe tagarelam nas despedidas sem hora. Rodas em repouso, temor em suspensão. Tenho raiva da calma da minha gente.

Treme o meu assoalho. Cresce a barulheira lá fora. Guinchos de metais, roncos de motores: "O que é isso?", grito para o vovô que fuma apoiado numa mureta lá fora. Antes da resposta, um solavanco me desequilibra. Me seguro no batente de madeira. Lentamente, a janela e a plataforma se desentendem. O vagão-leito se move. Cadê o baiano? O que está acontecendo? Um painel de propaganda de cerveja se afasta. Meus olhos localizam os acenos — já longe — pedindo calma. Ao lado meu irmão grita de uma vez, "não pule", quase não ouço. O breu esconde a cal e o cimento num terreno baldio. Ouço o piano de uma casinha junto aos trilhos.

Não pule? O berro do meu irmão me lembra mamãe na cozinha do sobrado no bairro da Luz, colando esparadrapo na boca dele porque não suportava sua gagueira. Em movimento, a dois metros de altura, salto? Jamais abandonaria as malas. Meus soldados de chumbo, o dominó de marfim, o time de botões com Claudio Baltazar e Luisinho. Meu maiô vermelho. Voltar caminhando sobre os trilhos? "Você não é homem", debochou meu pai, na hora em que tentei impedir que ele nos abandonasse por uma gaúcha, sendo o vestido azul de minha mãe o mesmo desta noite...

Homem não chora, meu pai cobrava. Ainda ouço os risos dos primos na plataforma. Da cabine 18, haja o que houver, não arredo pé. Da janela assisto passarem para o Rio de Janeiro tanques; caminhões puxando canhões; veículos com metralhadoras rumo à Fazenda Floresta, bem na várzea do Paraibuna, onde eu pescava lambaris.

Aprisionado na 18 me controlei naquele 31 de março de 1964, poucas horas depois de cantarem parabéns para eu apagar onze velinhas. Indiferente à movimentação do Exército, a destemida e fumacenta Princesa Leopoldina, cuspindo vapor pelas frestas das rodas vermelhas, apenas livrava o entroncamento Rio-São Paulo-Belo Horizonte, vovô depois me explicou. Havia que abrir a via para um cargueiro da Central do Brasil levando ferro, carvão e calcário.

Veio-me a voz do papai: "Apague a luz. Evite o vento. Tranque a porta. Bola é perigo. Quer bicicleta, trabalhe para comprar. Calça comprida só depois dos treze anos. Abotoe a camisa. Ai de você com nota vermelha no boletim. Só atravesse no sinal. Não entre no mar mais que a cintura. Mastigue devagar, não beba gelado, não tome chuva".

Da 18, vejo soldados, rostos pintados, baionetas. Marcha sincopada. Cavalos engalanados com flâmulas que eu, se pudesse, juntaria às da parede do quarto que dividia com meu irmão. A Princesa vomita fagulhas na direção das tropas que marcham contra o presidente João Goulart. Um relógio de parede marca 23 horas na porta de um silo.

Desimpedido o entroncamento, a Princesa dá ré. Em ramal curto, que pareceu quilômetros, devolve-me à posição inicial diante da família sorridente. Sinto o rubor, o deboche. Na claridade da estação, cara de palhaço, fedor de carvão incinerado, morango do bolo revisitando a boca. Desço, me abraçam, trazem um copo de água.

Madrugada, um apito fanhoso, o tosco do baiano finalmente se anuncia. A turba aflita sai do trem e rastreia a plataforma. Dou meu saco de sanduiches preparados para a jornada a dois pixotes, pequenos faquires, além da jarra cheia de água da pia da cabine. Vovô renova o "Voltem sempre", misturado ao seu radinho de pilha: "A divisão do general Olympio Mourão busca Petrópolis, enquanto o I Exército, espera aquartelado no Rio de Janeiro". Partimos escutando que Leonel Brizola, no Sul e João Goulart sobreviviam.

A aurora se apresenta ao rio Paraíba do Sul. O trem baiano, desde Barra do Piraí e Volta Redonda, corcoveia rumo ao planalto. Conduz meu resto de infância pela Serra da Mantiqueira e Vale do Paraíba, costeia taludes com gado para todo lado. Nas baldeações de Cruzeiro e Mogi das Cruzes, cartazes pedem resistência ao golpe militar.

A proximidade de São Paulo cheira piche. Há restos de horizontes pelos vãos de prédios amontoados até a Estação do Brás, Largo da Concórdia. Para meu avô, rascunho uma carta: nunca vi tantas canecas amassadas. Hoje o Largo tomado por camelôs converteu-se em morada de ratos. A ignorância erradicou o Teatro Colombo e arrancou os trilhos dos bondes Penha — Praça Clovis em benefício de pneus. Memórias descabem na ânfora do conhecimento, sabiás não cantam entre as tendas de óculos escuros, cintos e guarda chuvas chineses.

Amanhecer

Os botões de maio não floraram, o sol se pôs como quis. Astros se moveram fora de curso, ela não usou um vestido verde, não atraiu um pierrô. Esqueceu de organizar os chinelos paralelos dirigidos ao norte antes de dormir e suas coxas se azularam de varizes.

Houve vida. Na mesa, grãos de adoçante, no pires mancha de café ressecado e toco de cigarro. Meio fósforo queimado, farelos, facas lambuzadas de geleia, além de cascas de queijo. Na pia da cozinha, alface pretejado, fatias de abacaxi enegrecidas pedindo lixo, cenas para filme preto e branco.

No chão da sala, o jornal desmanchado sobre a calcinha aguarda baldeação para o tanque. Um invólucro de chocolate dificulta o desvirar de barata a remexer as pernas no seu interior. No aparador, o copo acomoda um resto de Porto, gole adverso para uma gastrite irreparável.

Primeiro, primeiro, depois, depois, amanhece e os pernilongos se recolhem, formigas se ocultam nos ralos, galos se aquietam. Pelas portas de vidro da varanda, ouvem-se arrulhos de pombos ciscando comida. O movimento urbano é monótono incolor.

A borra do coador de café da véspera permanece no filtro usado. O sol evapora o resto de umidade da toalha de banho frequente no tapete. As plantas dos vasos mendigam mais água depois do orvalho, e um brinco perdido do par reflete a claridade. Nenhuma folha balança entre as avencas. Duas samambaias imóveis ignoram a única orquídea. Será bromélia?

Óculos escuros riscados restam emborcados num tamborete de madeira. Uma garrafa de refrigerante teima em espargir gás. Metade de uma aspirina na prateleira da estante atesta a hipocondria no ar. Na gaveta, além de diuréticos, elevadores de pressão, redutores de enjoo, um arsenal de drágeas para triglicérides, osteoporose, gota, tudo a desafiar a resiliência de um fígado estressado. A ausência do anti-inflamatório deve-se às adiadas encomendas à farmácia entre tarefas proteladas sob lamentos e mantras. Nem falar do canabiol.

Lá fora, soam buzinas de motos e sirenes de ambulâncias. Na cama, sobra da preguiça o caos. Para achar as chaves do velho sedan demandaria oito minutos; o lenço do pescoço, mais quatro. Na busca do celular, só com a ajuda do porteiro se faltar o socorro da arrumadeira, além dos costumeiros três pulinhos a São Longuinho, fosse céu, chumbo ou anil.

Faz orações para que a filha voltasse a namorar; que o filho agendasse o dermatologista; que recuperasse forças para emagrecer; e se estruturasse para férias. Desde sempre a pergunta: qual o sentido se nada faz sentido? Fervor temperado numa prece especial; que a pele não se enrugasse antes de um novo amor.

Mal consegue separar o não do sim. Erra sempre no cozimento de batatas e na chinelada na mariposa. Se cochila, sonha com sorvetes proibidos e pirulitos de framboesa. Desistiu das loterias, um raio não cai em sua cabeça. Cansou de seu terapeuta a quem deve muitas seções. Descarta curiosidades.

No trabalho, cismou com o gerente, pele amarelada, cabelos lisos sobre a testa larga, coxa frondosa, um homem e tanto para quadrilhas e polcas inflamadas. Pinto normal, maior estraga. Dele, quer saber tudo. Ela concreta, ele abstrato. No almoço, ele come feito porco: depressa e muito. Lábios levemente mais finos e largos do que modelou para amar. Ombros que morderia. Passos rápidos e longos, difíceis de acompanhar. Ela prefere aglomerações, ele intimidades.

Nesta alvorada, quebrado o micro-ondas, o gás butano e o propano fluem do forno apagado, esquecido ao requentar duas velhas fatias de pão sem glúten. Inodoros, incolores, falimentares, livram-na de excentricidades e pirraças, fundam a desnecessidade de sintaxes, adjetivos e advérbios.

Terra Santa

O esperma escorre pela coxa dela como na do porco abatido na granja do Vale do Ribeira. Lineu lhe entrega guardanapos de papel. Na pocilga da chácara, o leitão não volta ao cocho. Suas bolas davam-se para a labradora mastigar. Em Miracatu, Lineu aprendeu a matar suínos, esfolar, carnear, limpar, separar, salgar o esquartejado.

Gostei, amor, foi no vaivém do mar. Xale rendado nos ombros, Norma morde uma tâmara berbere na mão de Lineu. Trintões, na Terra Santa, acadêmicos, estudam o socialismo do Kibutz Bror Chail onde se fala português. Ambos tecem teses de mestrado no metralhar do acaso.

Escurece no mirante sulfuroso de Haifa, lá embaixo a refinaria fumega. Além dos insetos e gaivotas, ninguém por perto. A penumbra é um biombo para olhares indiscretos. Não se distingue albatroz de gaivota. A temperatura cede devagar pelos bafos de Chipre. A lua mingua nos dentes das espumas. Flores se despedem do sol.

Lineu, pensamento no chiqueiro do avô; Norma, no aprumo, uma mecha caindo sobre olheiras. Mijam lúbricos filetes que se unem no declive do meio fio. Foz no bueiro. A maresia se esparrama sobre a mureta de pedra — tálamo de granito — umedecendo brotos e folhas grossas. As sombras nubentes caminham coladas no corrimão do Mediterrâneo ao som dos marulhos, sobre as asperezas do espírito.

— Antes de dormir, vou querer mais.

— Não sei se consigo.

— Puxa, me lembrei que preciso apanhar uma calcinha seca no varal. Não tenho lavadas na gaveta. O borrão do azeite talvez não saia mais.

O crepúsculo purga as escarpas. A brisa restitui inquietude, incertezas aos forasteiros. Vivifica as oliveiras. O outono escava linhas e reentrâncias de sovinices, aromatiza as ameixeiras.

— Anda, o último ônibus sai em uma hora. Tenho fome daquele pão trançado com creme de leite no refeitório.

— Relaxa. Paramos numa *boulangerie*?

— Topo por você. O pessoal do kibutz avisou que na beira de Gaza sobra perigo. Se apresse, prometo abraçar você de novo.

— Não me iluda, ajoelhou tem que rezar.

Em viagem, o tempo é o ser; a doença, é superar fracassos, expulsar traças, apostar no desejo que pede e no desejado que dá. Um plim-plim no celular dela incomoda Lineu que caminha de olhos fechados. Ele teme: há outro? Desatento tropeça e cai. Norma ri. Enjeitado, Lineu fecha a cara. Um corvo crocita.

— Não tem graça. Sorte que não quebrei nada.

— Perdi o batom, não acho na frasqueira.

— Odeio seu jeito com o andino do galinheiro. Que tanto ele liga? Não sou cego, nem surdo. Você imagina sua carreira numa avícola? Que tanto quer aprender com o bronco, só porque tem olhos azuis? Dessa gema vem pinto.

— Descarregando fel em mim? Vá cuidar da pocilga do vovô! Você sabe que não amo o cucaracho. Cumpro meus deveres com os frangos. Faço as tarefas e ainda tenho ganas de você. Não é bastante? Ao final do dia, banhada, cheirosa, espero você.

— Fico no ancinho, no feno, me esgoto e durmo, basta apagar a luz e olhar para o teto. Não sou idiota, galinhagens concretizam enredos.

— Ciúme doentio. Quem precisa de aventura é você, que transfere a carência para mim. Gosto da sua pegada, não basta?

— Opa, entrou um cisco nos olhos. A brisa traz finos de coque.

— Não se morre disso.

— Estou puto com seus shortinhos cavados. Do jeito que se senta no refeitório, brasileira tem fama. Olham para suas coxas. Eu, de palhaço. De corno, idiota. Além disso, você não é ingênua, quer mesmo atrair. Aquece os gajos, os vermes na horta.

— Nesse lugar, corpo é patrimônio para a guerra. Aqui o pessoal é diferente. Os meninos nem olham para as meninas, crescem feito irmãos. Me horroriza sua cabeça. Nem percebe que tô é preocupada em pagar um dentista e um ginecologista em Tel Aviv. Fico puta só de pensar que, por economia, você não fez seguro saúde para a viagem.

— Todo dia ouço suas queixas. É flores brancas, infecção urinária, prisão de ventre ou gases. Os fricotes acabam quando sai para lecionar na Faculdade, você troca de blusa cinco vezes no espelho. Haja fantasias.

— Pilotar minha roupa, nunca. Quer saber? Tenho horror de unhas mal cortadas que me ferem. De quem come de boca aberta. Engole sem mastigar. Não sabe segurar um talher.

— Ih, olha lá, a estação rodoviária! Temos vinte minutos.

— Dá tempo de comer um falafel. Vamos?

Norma concorda em comer caminhando. Admite que para o socialismo chegaram atrasados, num país parafusado por chips. Muda a geografia da conversa. Pressionada, boca cheia enxovalha.

— Não sou como você que troca sexo por uma noite de sono. Vamos radicalizar? Eu traço o Uriel do galinheiro e você fica com crédito para uma escapada com camisinha. As minhas amigas debocham que sei pouco da biodiversidade.

— Tá louca?

— Vai amarrar cachorro com linguiça.

— Vai chupar prego.

— Ofereço em troca um ménage a três que você tanto fantasia. Eu e mais uma mulher. Que tal a australiana ruivinha da lavanderia? Já viu penugem vermelha?

— Que tem esse Uriel que eu não tenho?

— Você não é mulher para entender. Passo horas com o Uriel num galinheiro, que cheira a ácido úrico. Descobri que fedor me anima.

— Para o marquês de Sade, urina é estimulante.

— Além disso, me fascina a mão dele, áspera, rude, mão de enxada, de encher saco de estrumes. Quero experimentar sem culpa, sem pudor.

O ônibus está quase vazio. Assentos são os 35 e 36, no fundo, perto do banheiro, do cheiro de urina. Faz frio, há cobertores nos assentos.

— Despertei, de novo. Põe a mão no meu seio.

— Cobre com a manta.

Lineu recosta a cabeça, o avô o revisita. Na despedida de Guarulhos, o velho disse que se o solo bebe sangue, tem cada vez mais sede, são seis mil anos de guerras nessas areias. Cruzando Ashdod, bruscamente de pé, dois beduínos, um na 14 e outro na 16, dominam o veículo.

Gritam em árabe, armados de cimitarras. Abandonam o motorista desfalecido numa ponte, onde um terceiro assume o volante. Eles vêm na direção do casal. Lineu, instintivo, exibe os passaportes brasileiros, adrenalina a toda. Um diz "Pelé", "Ronaldo", enquanto o outro arranca o crucifixo do peito dela.

O firmamento esboça tênue claridade. Um galo canta de um Moshav. Estacionado em frente Gaza, da 36 pende uma cabeça; bolas penduradas à janela. Na 35, um peito catatônico. Desce do ônibus o mais baixo do trio. Desvia de bostas e atravessa para o outro acostamento, crucifixo de ouro à mão que troca por quibes e pães num quiosque. Um lagarto urina no Firestone, enquanto o orvalho se imiscui no sangue que pinga pela lataria azul e branca do Haifa — Bersheba. E cai sobre alguns grãos de trigo capazes de vingar.

Isidoro

Os baldes d'água dos vizinhos salvavam o meu sapé. Avião molhando só vi na TV. Por um triz, dona Iaiá, não perdi o armazém, as labaredas beiraram os fundos da mercearia quando o aguaceiro caiu. Foi meu anjo da guarda que mandou. Bombeiro, aqui, não aparece nenhum de Marabá ou de Imperatriz.

Ontem mesmo recebi de Caxias do Sul a remessa de três caixas de sapatos encomendados pelo Isidoro. Chegam novos todo mês. É esquisita a sapataria do branquelo. Reparou que não pisca os olhos azuis? Meio descarado, atrevido, enfezado ele desmata para pastar o gado do senador. Pois dona Iaiá, o cara sumiu. Não se sabe se engolido no fogo que ele acende. Usa couro alemão na lama dessas várzeas.

Alguém entende sua língua atrapalhada? Sempre com facão na cinta e serrote elétrico na Toyota. Uma figura. No bar do Leléco, bebeu umas e outras e pichou na parede: — Sem futuro, a pressa é tola. Ninguém entendeu. Pois o Isidoro faz penduras no Leléco, fia aqui e na farmácia, enquanto vai destruindo a floresta. Quem sabe dele é a Rosicleide, que lhe nega namoro, não quer a obrigação de cortar as unhas dos pés e a barba do paulista. Vira e mexe, esse Isidoro insiste com ela. Dona Iaiá, faz bom tempo que o Isidoro está sumido nesta secura. Na incerteza, o Zé da Ananda, da Florestal Santa Izildinha, já comunicou a estranheza para a sobrinha dele, que vive em Guarulhos. Mas, na fumaça deste mundo avião pequeno não pousa. De Imperatriz até o bico do papagaio, nem caminhão passa. Quem tentou, ficou no fogo. O cara circula no mato, onde já se viu? Sabe que os índios que pescam do outro lado do valo matam branco se aparecer. Eles mostram pavor de nossas doenças. Bem, dona Iaiá, não sou eu quem vai pagar a sapataria. Se aceitarem a devolução, sei lá com os correios.

-0-

Isidoro ainda empilha versos lambuzados. Chegou aqui ao que se fala desvalido por um amor desfeito. Recomeçou pelo anonimato. Pelo risco, pela aventura, conhecido pela mania de calçados de couro. De resto, um homem avesso. Espalha sem parar inseticida na pele, a começar pelos pés.

-0-

Maninha, escrevo com muitas saudades. Como vão meus sobrinhos? Na selva, acordo, corro numa campina tomada por tucanos e araras, sigo minha trilha. Caço borboletas para sua coleção. Sinto o aroma das castanhas. Acho que tenho nomadismo no sangue e carência. Por ora me interesso pela Rosi, mas resiste, instintiva fecha o decote em sinal de pudor. Pelas costas, fofocaram, me trata de almofadinha sem pegada. Dizem que zomba do meu hálito. De resto, na mata, o tempo é lento. A luz fende. A folhagem difrata a cor. Rosi se esquiva. Sussurro carinhos, mas ela não se altera. Depena minha confiança, engorda minha impaciência. Ameaço, dou mel, misturo mortadela na manteiga, recolho folhas caídas no terreiro. Não tomo drogas, nem álcool, lembrando da cirrose da mamãe. Mas uma faísca me queima por baixo e atiça a gula pela Rosi, pele de jambo.

No Pará, uso as mãos; serro árvores, sou a maçaneta que abre as florestas para o rebanho. De quebra, colho seivas de seringueiras nas panelas. Nos igapós, curto a valsa das araras. Não compreendo a Rosi, ela se fecha antes de eu toar meu violão e, ao final, me diz que ser músico é muito mais do que executar notas do papel. Onde ela aprendeu a frasear? Não sou de silicone, ferve meu sangue.

Aqui se diz que pedra sofre para dar água. Se preciso, enfrento os espinhos nesses charcos. Um dia ainda soletro o alfabeto inteiro no ventre dela. Faz tempo que troco de sapatos até achar um que traga sorte. O ar anda grosso e de través, tenho vertigem de lodaçal, aversão de lagartos e dos insetos, dos gemidos das preguiças. Tanta umidade não sei quanto vou aguentar.

-0-

Isidoro, enjoado de comer ovo e tomar quinino, veio emudecendo a fala, ninguém se interessa por abstrações. Principalmente Rosi, a franzina de pele de cetim. Dona Iaiá se queixa, Rosi, a roupa de cama no varal está outra vez de fuligem. Me fale, e o Isidoro?

Iaiá, ele carece de modos, mas sei me defender. O paulista não me dá folga, mas me dá medo. Não compreendo metade do que diz. É um cheira-céu, cabeça de vento. Não sei o que cismou, sou da roça, sem veludos, almofadas e cortinas. Nem no Pai Nosso perdoo homem que carvoeja cacaueiro, castanhal, seringal. Pedi para ele deixar em pé um umbuzeiro, mas o capeta abateu o tronco à minha vista. Ordem do coronel.

Se engrossar peço ajuda. Jesus que me perdoe, mas o escroto está desaparecido. A brisa reverteu e dois dos tratores queimaram no galpão. No Leléco dizem que o Isidoro espalhou gasolina.

Mãe, ele não é como a gente, come arroz com ovo de galinha e não pode ser galado, rejeita peixe. Ele cheira a azeite, vinagre e veneno de inseto. Sempre de manga comprida, suor de alho. Tem caspa, jeito esgalhado. Macho de pouco volume. Olhar confiado. Ele não muda de camisa, mas não repete sapato. Aqui se diz: Sapato que anda pouco encurta a vida. Prefiro de um seringueiro do que rebento dele. Já pensou no peido de cebola debaixo do cobertor?

-0-

No rescaldo do barracão, escritos foram recuperados pelo Zé da Ananda, num caderno por baixo de caixas de sapatos chamuscadas. Nas mãos da Rosi, se liam a lápis contas a pagar, telefones úteis, garatujas e flores, além de frases estranhas:
Rosi, você é bordada na minha carne,
rasa esperança, arredor de querer.
Formosura, caimento, cafuné escaleno
em meu bebedouro.

-0-

Cercado pela fumaça, Isidoro dispôs apenas dos pontos cardeais. Perdeu-se nas fagulhas e foi a leste. Tropeçou por planuras carbonizadas sem reconhecer lugares. No palco, sem árvores, as preguiças e os frutos ficaram fora do alcance. Seguiu um igarapé do nada ao nada a escapulir de piranhas, jacarés e anacondas. Acordou molhado, febril, faminto, cercado de índios e uma epifania: na insensatez cumprimenta-se a morte.

Espinhos

Suado no bafo da noite, cortando cipós, Pedro avança prestes a conhecer a cabana da Fefa, a Fernanda do Posto 4 de Copacabana, auto exilada na Serra do Mar: a lenda universitária que ali, solitária, veio a parir de cócoras, que recebe nua e avisa só para conversar. Fernanda fez o teto de sapé em busca de si mesma, antes de despontarem seus dentes do siso e de diplomar-se biomédica. Interessada no caminhar, nem sabia para aonde, magnetizou-se por bromélias e decidiu ficar no Corisco. Filha de abonado advogado carioca livrou-se de maçanetas e interruptores e escafedeu-se pelo litoral. Em Paraty fincou-se depois de perder seu bebê na temporada de pipas.

Morro acima, a cinco léguas antes do Corisco desaguar na Ilha das Cobras, Pedro procura a morada de taipa numa das cascatas margeando as trilhas de burros abertas no século XVIII, na Mata Atlântica. Nos poços límpidos, os borrachudos continuam atacando no poente. Para sorte de Pedro, os carrapatos desaparecem no verão, quando as corredeiras ampliam suas polcas e maxixes. As preguiças, num ou noutro pau de ferro, conversam entre lírios e parasitas, enquanto répteis e corujas escondem-se de algum gavião sagaz.

Taurina cercada de incertezas, Fefa adora seu recanto, taipa e telhados de palmas, ambientes unidos à luz de lampião. O fogão à lenha aquece as madrugadas serranas, até o tatame de palha que ela teceu ao chegar. Sem cachorro e gato, conta com a Judite, uma caninana de guarda, devoradora de jararacas e avessa a estranhos. Judith se dá em namoricos nos macadames, longe de berros e estrumes de bezerros. Com cinquenta palmos de tamanho, já pariu quatro miúdas então próximas da autonomia.

Fefa, há muito separada do terceiro macho vivo nas memórias de seu corpo, faz todas as tarefas antes divididas. Carrega lenha; água três vezes por dia; captura iscas e pesca bagres. Uma pequena roda d'água move seu monjolo de mandioca que também macera maus olhados, despachos e antipatias. Nas trovoadas, que arrastam o tronco de acesso à outra margem, une forças para a recolocação. Do quintal, cruza o rio para compras na cidade, caminha seis quilômetros de terra, quando queima recordações e renomeia o futuro. Não finge simpatia. Não simula simplicidade, nem sabedoria. Não dá chance para indolência. Quando se amedronta, garroteia o medo que afoga no rio Corisco. As horas são poucas no final de cada jornada.

Pedro vidrou-se nos olhos negros cariocas, Fefa parada na barraca de mexerica na feirinha do cais, fascinado pela trança antiquada e beleza debaixo de trapos, uma blusa adaptada de fronha sobre seios comburentes. Seguiu-a até a praça, saia curta cor de rapé. O céu era azul de verdade. Percebeu a estatura logo que ela se disse vinda do Leme e abriu-se como uma jaca. Aos trinta, eu me casei com uma sirigaita que varria a porta de casa. Não, não tivemos filhos, uma crise atrás da outra, não daria certo. Ao lado dela, mastigando raivas me enxerguei ressentido, sozinho, carente. Sem bondade, intolerante. O que eu estava fazendo comigo?

Pedro imantou-se pela caiçara no todo, na cavalgadura. Cobiçava. Sedutor, sabia que atrás de aventuras se escondem complicações. Não se vive para ser justo. Decidiu-se por um aqui e agora com a musa do lugar. Ela lia Proust pescado da mochila que trouxera de ônibus pela Rio-Santos. Vamos jantar? Arriscou perturbando a leitura de Swan, num banco embaixo da mangueira. Surpresa, Fefa concordou com ressalva: Não tenho espaço interno para nada. Tudo pesa menos ficar perto do mar.

Pedro leva para a ceia uma cachaça, um pacote de macarrão, queijo ralado, molho de tomate, além de uma bananada de sobremesa. E mais O Globo de domingo, quem sabe ela tenha curiosidade de saber como vão os cochichos na coluna social. Urbano, muque de pugilista, voz de locutor e olho de lince, ele não ultrapassa os clichês. Vale tudo para impressionar a fada silvestre. Ele não moraria sem sofás e almofadas. Se filtrasse rapidamente os disparates, Fefa se entregaria ao arrependimento.

Em marcha, Pedro cospe impropérios por não ter logo proposto uma cantina, arriscando depois uma pousada na cidade. Frio na barriga, o chão escorregadio forrado de folhas, raízes e rugosidades, subida e descida íngreme, o tempo brumado, não vê telhado algum, mas sente prazeroso o aroma de musgos. Deixou o carro no cercadinho que ela fez na estrada, a uns duzentos metros. De tênis, teme cobras ariscas no calor da vegetação ciliar. Escorrega e se apoia num espinheiro. Sua mão direita se crispa, impossível não urrar. Zonzo, consegue extrair dois espinhos que atravessaram a palma direita. Ao tentar se livrar do terceiro, por dentro do dedão, o maldito se esfarelou nas carnes. Cai de novo, cara no chão, joelhos esfolados. O molho de tomate esparge-se na calça e na camisa de grife. Desmaia.

Seu medo de vínculos vinha da infância. Sentia-se um origami assimétrico, ornamento de últimas fileiras. Desta feita, tatuaria a nova transa de delícias. Abre os olhos. Breu. Vênus beija as aroeiras. Só as sombras se mexem. O som das águas supera qualquer outro. Ele precisa achar o tronco que liga ao sapé, atormentado pela coceira das picadas de muriçocas. Na penumbra, não saberia pular de seixo em macadame até a outra margem. Apura o passo, acende o isqueiro para um fuminho, expele uma baforada comprida e encoraja-se. Sente-se estranho, a mão dormente. O prêmio — dormir com ela — virou ouro sem extração. A dor amplia o insucesso. Arrasta-se para não cair na ponte improvisada e molha as canelas na corredeira gelada, cheia de piabinhas rabeando debaixo de um luar intermitente. Vislumbra sanguessugas agarradas à calça. Arranca duas.

O atraso faz ela rebobinar fatos. Pertenceu à abundância no Rio de Janeiro, ao perfume que acendeu o corpo no inferno. Urgiu descansar sua carne. Fefa percebe a visita chegando entre os ramos que trepam por outros ramos. Noite de roça, verbos e atos. Ruidosas as craúnas. Acendera dois archotes de bambu, estopa e sobra de parafinas, seja para sinalizar a vivenda, seja adicionando uma pitada romântica. Não estava a fim do gajo, mas apreciava diálogos vindos do mundo. Traz ele perto a querer e longe para não se entregar. Dois lampiões iluminam a cena. No fogão uma posta de peixe fresca, taioba do quintal, farinha de mandioca de moenda, licor de jenipapo. Se quisesse frutas, havia cajus.

Pirilampos. Ele finalmente na porta que sonhava atravessar recebeu dela o sorriso inclinado, uma flor vermelha no cabelo. Dentro da cabana, estalidos no crepitar de achas frescas. Pálido e irreconhecível precisa descansar.

Me feri na descida. Minha mão está em brasa. A acolhida é pura delicadeza. Fefa entende de imediato que a comédia virou tragédia. A dor de Pedro, febril, pede ação como tromba nas costas da montanha. Ela conhece tétano. Dá sua mão, ainda hoje uma caiçara me preveniu: se macho me visitasse, o espírito de meu bebê reagiria ciumento. Tome meias secas e eu aproximo suas roupas do fogão. Com a cachaça lavo os ferimentos. Tenho que drenar isso aí, purgar os farelos. Trate de aguentar minha agulha. Pode gritar, mas aqui se cura espinho com fel de paca.

Extenuado, Pedro cochila pelo tempo que os archotes apagam. Ninguém tocou na comida. Nunca se vira gangrena tão veloz. Não sou doula da morte. Vamos já para a Santa Casa, está feio esse troço. Tem necrose subindo pelo braço, seiva de culpa. Me dê as chaves, dirigi muito para meu pai. Ajudo a atravessar o rio. Rápido, não podemos esperar.

Fefa sabia que aquela mão estava perdida.

Exorcismo

Antes das quatro badaladas do relógio da sala, venho ardendo de remorsos. Me cubro, descubro, vou à cozinha, forço um gole de água, volto, suo, saio à varanda, volto, não tenho mais urina para despejar. Me sufoca o breu na noite crespa barrando a lua. Não sei escapar do dia que passou com má vontade. Quero me reaver. Não tenho muito tempo, pelos sumindo, ossos de caracol. Nas novenas suplico a São Bento.

Quero recuperar a confiança de quando entrava num avião sem que um meteoro ameaçasse a fuselagem. Enxugar a lambuzada da estupidez. Silenciar para que não ouçam minha língua. Nada pode o sol contra eclipses na aspereza do desamparo. Narciso, inconsequente, teria um parafuso destravado entre vidas? A memória me rouba a suavidade com assombros.

Cortês, ignorando sequelas, seduzi a gordinha do Leme, de férias em Minas Gerais, uma vez que a sua linda amiga, também hóspede na Fazenda Mimosa, era inalcançável. Embeveci a fofa, provavelmente, para salvar meu ego em pedaços. Deixei andar. Eu a revisitei em Copacabana, me comprometi a ser seu par no baile de debutantes. Fiz forfait, obrigando-a a dançar a simbólica valsa dos quinze anos com o irmão, carregada de ódio nos rodopios do salão do Palace. Ingênuo ou idiota, mutilei confianças, violei coração de varanda sem parapeito.

Sobreviventes de guerra, minha casa mantinha foco na lotação da despensa, perceber o outro era abstrato demais para uma família de açougueiro diariamente diante de cartilagens desossadas.

Em Quito, mochileiro com ares de andarilho, hospedei-me de favor no apartamento de uma estudante de letras que quis me agradar ainda no aeroporto. Antes de partir roubei 40 dólares de uma gaveta da cozinha que, cinquenta anos depois, tenho ganas de voltar ao Equador para repor.

Outra jovem me acolheu em Cartagena por causa dos cabelos revoltos, as botas de cano longo, a barba melhorando os contornos do rosto, olhos azuis carentes, além de um portunhol quase espanhol. Pelo Correio, encharquei a rapariga com cartas cativantes a cada três dias até que, sem aviso prévio, ela tocasse a minha campainha em São Paulo, a tempo de conhecer minha noiva.

No Bar Balcão, embeveci a arquiteta de seios salgados, macios e tépidos. Eu a entretive com meu interesse pelo seu Plano Diretor para o saneamento da Grande São Paulo. Motivei de tal maneira a urbanista que, inconsequente, publiquei num premiado furo de reportagem os segredos do Plano, derretendo a quadrilha imobiliária que se locupletaria ao redor do projeto.

Minha prima irmã? Eu não reconheci que seu alcoolismo fosse doença, que olhos insones não são bijuterias para galáxias. Se ela expulsou a mãe do espaçoso quarto de viúva; se ela assaltou o cartão de crédito de minha tia para vomitar gin nos bares; se ela consumiu o orgulho, a autoestima e a aposentadoria da velha; o meu dever de primo-irmão era pagar-lhe uma visita ao médico e não lhe enterrar com as pás do desprezo. Perdoar é erradicar a culpa, mais que desculpar, custei a assimilar. Tomamos banhos na mesma banheira na infância, compartilhamos as mesmas viagens de férias escolares, dividimos os segredos e descobertas na juventude, mas eu a rifei aos porcos do inferno.

No calcanhar da velhice engulo a ameaça de um céu gelado. Católico, fui perdoado em confessionário mais de uma vez, como se ganhasse paz. Qual o tamanho do arrependimento? Na vigília, sonho de olhos abertos que testemunham contra mim num tribunal para um condenar eterno. Algemado no medo, pessoas próximas se entediam com palavras para purgar minha insônia. Paralisado pela culpa, hesito até em jogar um papelzinho fora do cesto de lixo. Diante da minha aparência, a vizinha de baixo, intuitiva, sugeriu ioga. A do lado, recomendou sexo tântrico. Insistem em que eu desenvolva a mediunidade na Quimbanda.

Titia, hoje dispensa minha proteção, me chama de exibicionista e pediu minha excomunhão na paróquia do Largo São Bento. A ordem beneditina determinou um exorcismo imediato a começar nas novenas.

Justa causa

Com licença doutora Miriam, posso me sentar? Obrigada. Escute, serei rápida. Em casa não se alisa pelo ao contrário. Explico, mas peço um tico de paciência. No Centro Luz do Amanhecer, Ogum, meu orixá, impõe que eu livre as ideias da gaiola. Para desencardir minha aura, passei antes em cinco igrejas e depositei donativos em moedas de fração de Real. Cumpri ordem, Ogum foi claro: melhor coxear do que pisar firme sem rumo. Ogum apontou que, em meu fim, está o começo. No meu caso, repouso não significa silêncio. Se eu ficar imóvel, me joga no vazio, apesar do meu jeito reto, vida enroscada e quieta. Não, não vim pedir promoção, nem demissão. Apenas falar, quero falar faz tempo. Meu guia me passou um jeito que leva e traz palavras. Não, não se preocupe, aqui só tem cara frouxo, ninguém me assedia a não ser o Bastião do almoxarifado, que é um cara muito legal. Às vezes a Elvira me tenta, só para constar; não, não a faxineira, mas aquela ruiva da assessoria de imprensa. Elvira costuma me dizer que o jeito de eu desabotoar a blusa é o *mindset* da moda, mas nem sei o que é *mindset*. Na verdade, ela e o almoxarife me divertem. Ser atraente às vezes me distrai, mulher que não tem gosto pelo sexo não sabe temperar. Confesso, sou limitada: escapolem assuntos muito pequenos e os grandes demais. De minha parte lhe digo, porque não me sai da cabeça: pare de usar calcinha cavada, realça sua celulite na bunda. Roupas agarradas e transparentes mal escondem tatuagens. Percebo com frequência o estagiário Eduardo, o macho alfa do RH, olhando guloso o seu traseiro, inchando a tuba no cós da calça. É isso que a doutora quer?

Reconheço que sou um pouco louca, mas doida é quem não é. Como todos, tenho horror do vírus da zica e da dengue. Ora, não entrei por sua porta por badulaques. Saiba que não preciso e não tenho apreço pelos organizadores de lápis que a doutora está sorteando na repartição, detesto os de gaveta ou os de mesa. Eu estou fora. Aviso que não tenho o menor interesse pelas escrivaninhas novas que a Secretaria da Justiça mandou para nós. Mas, a propósito, me afaste das bajuladoras que ficarão em volta do procurador fedorento, sim, do Gumercindo, sempre precisando de um banho que qualquer brisa revela. Sabia que ele palita os dentes e larga os usados no aparador do refeitório? Lá mesmo o porco larga seu nojento fio dental. Prefiro mil vezes ficar longe e de costas, olhando para a parede. Porque não jogamos fora as caixas usadas de papelão, revistas e jornais, arquivos mortos, abrindo espaço para nós? Mande pesar o entulho, compram recicláveis por quilo. Bem. Quero paz, nunca fiz mal a ninguém.

Filha de alagoanos, nunca tirei sangue de quem quer que seja. Paz, sonho paz, pode ser a paz cansada daquela pedra que ninguém atirou. Ah, e peço uma tampa nova de privada, pode ser de plástico, pois a original de perobinha do campo trincou e é uma fábrica de beliscões e micróbios. Não sou alta para fazer xixi em pé. Aproveito para esclarecer: não bato ponto às nove horas por que de Guarulhos chego mesmo às oito. Se sair de casa dez minutos mais tarde não assinaria a presença antes das dez. E ai de quem vier me cobrar pelo carimbo novo que sumiu ontem na hora do almoço.

Só de ler a palavra "indeferido", que aplico na merda dos processos, de manhã até de tardinha, tenho ânsia de vômito. Na verdade, indefiro toda a porra da justiça brasileira. Não faço parte de comissões de segurança do prédio, brigada de incêndio ou clube de leitura na moda por aqui. Claro, sou celetista, não tenho padrinho político.

Olhe para mim, doutora, aqui é presencial, não tem a merda do telefone que a senhora desliga para os desesperados. Infrator é gente. Coitado do seu Alceu, sogro da minha irmã que, desde abril, liga e transfiro para a senhora, ele quer pagar a dívida ativa. E ninguém informa o homem sequer o valor do boleto. Desaba em cima da gente, com razão, o público cospe seu ódio. Aqui, não adianta repassar ligação de contribuinte. Na realidade, não existe meio de prestarem queixas. Se a galera não é boa de Internet, a nossa não existe nem em museu. Pior, a Enel derruba a energia na menor garoa. A senhora não tem compaixão? E se fosse seu irmão, sua filha? As pessoas me agridem no atendimento sem energia em dia de chuva. Sabotagem? A manutenção não resolve e não prevê solução. Aliás, o Bastião ficou de me detalhar porque há risco de incêndio e nem seguro conseguimos contratar. A caixa de energia na entrada tem setenta anos. Acabou a verba e disjuntores brasileiros custam três vezes mais do que os chineses no contrabando.

Sim, reconheço, ontem não grampeei 312 processos, não tinha um único grampeador funcionando, velharia sem grampo. Sobrou do pequeno no armário. Sem verba? Ora, não se pagam quengas com escambo? Venda a poltrona marrom imunda, a da entrada que parece arrancada de trás de uma Kombi. Ouse uma vez. O que faz um catador de sucata? Com o pouco que apura compra as urgências. O ventilador aqui não arrasta nem um guardanapo, malvale o fio de cobre no ferro velho. Não dá para ficar esperando no Diário Oficial uma tomada de preços até para papel higiênico.

Ganho aqui tanto quanto engenheiro, a senhora acha legal me ocupar com grampos? Murcho como a bandeira do mastro lá fora. Olhe, não conheço sua mãe. Ela não tem nada com isso, portanto não digo que seja filha da puta. Me limito a dar um conselho, use roupas largas. Entre a justiça e a beleza, fico com a beleza. Cumpro o dever sagrado da crítica e sugestão. Carnes, ossos, é tudo pasto de verme. Não se engane com disfarces vestindo batas estampadas. Balzaquiana, aceite que os músculos da barriga e bexiga fiquem preguiçosos, os rins vagabundos. Sei que somos uma repartição e não uma casa de banhos. Se quer ouvir o que sempre ouviu, fique em casa com seus discos de vinil. Olha, não sou sofredora, nem ando saltitando, se não puder ser amada, seja respeitada. Faça o favor de não ficar desmarcando os nossos agendamentos. Fique com a beleza. Seu caso é celulite, mesmo. Seu sorriso amarelo dispensa a prova.

Alice

Alice lava quarenta xícaras por dia, cinco por funcionário. Nos dias em que o Conselho Diretor se reúne são mais de trezentas, sem contar os pires, as colherinhas, os copos de água. Sorte que não sujam conchas e facas nos encontros. O salão com janelas de vidro fumê sugere um aquário.

Suas mãos ressecadas absorveram a soda cáustica dos detergentes que trincaram sua pele. Varizes mancharam seus tornozelos fininhos. Os seios cadentes acomodam-se no sutiã barato da feira livre. Os cabelos são negros, curtos, lisos com franjas retas. Voz de marimba. Usa camisetas de brinde das Lojas Marisa e da C&A, alternadamente. Os lábios sem batom acostumaram-se ao sal da carne seca da meninice em Paracuru. Na escola, era a inconformada, a espinheira, jurema-preta, o cacto sem retoques. No emprego, onde a alma não se junta ao corpo, repete a aquilombada na última fileira. Alice finge que não está nem aí, que prefere a roça. Teria sido, noutra vida, uma bruxa queimada, cochichava a auxiliar administrativa da Associação de Classe, onde Alice não era invisível, mas insignificante.

A cearense compartilhava com a moçada da entidade os temores da mudança da sede para um escritório bem maior, numa zona rica da cidade com menos condução. O estagiário de economia esforçava-se para explicar que no capitalismo é preciso crescer e se valorizar. Expandir? Ora, Alice, com a ajuda da calculadora da auxiliar administrativa, já contabilizava 96.240 xícaras lavadas nos anos no escritório da avenida Paulista. E avisa que ainda mantém os ossos no lugar embora as peles desgrudassem nas palmas das mãos.

A mesa oval de dez metros será substituída por outra em U. Os conselheiros serão vinte e não doze. No novo salão de duzentos metros quadrados (área maior do que seis casas de Alice), os custos projetados não comportariam nova contratação, sequer de outra copeira. O luxo importa para a imagem do escritório e esconde o pó do arquivo morto.

A *office girl*, sua conterrânea, é a única pessoa que a visita na comunidade de Paraisópolis, no barraco de madeira sem almofadas, livros ou fotos. Nos trinta metros quadrados sobra solidão após a ressaca diária de ferver leite por doze horas, com intervalo para almoço. Com esta amiga Alice dividia o segredo clínico do posto de saúde do bairro: adquirira a síndrome do pânico.

Na avenida Paulista, as duas se espremiam na cozinha-cárcere de seis metros quadrados, uma penitenciária na qual temas como casamento e família não constavam das conversas nos raros instantes de liberdade. O mote recorrente era a nova sede que propiciaria mais reuniões e maior frequência dos associados. O cardápio da copa seria ampliado: além de café e chás, haveria achocolatados mais exigentes tanto no preparo quanto na limpeza. Previam a aquisição de uma chapa e coifa para sanduíches e petiscos quentes trabalhosos para limpar.

Destemida, Alice arriscou pedir ao diretor executivo — pelo amor a Deus — que adotassem copos descartáveis, eliminassem o serviço à francesa, enquanto bules diversos, jarras, guardanapos, adoçantes, estariam disponibilizados sobre um grande aparador a ser adquirido. Alice até se oferecia a buscar, com descontos, toalhas do nordeste rendadas, lindas, grã-finas, disponíveis no Largo da Concórdia.

Confiante na redação da auxiliar administrativa, Alice entregou para o diretor, depois de muito ensaio, a proposta que se paga em treze meses pela redução dos gastos com água, energia, produtos de limpeza, inseticidas e, por fim, pelos ganhos com sustentabilidade. Os plásticos? Eles seriam recicláveis.

De bate pronto, o engravatado esmigalhou o texto e o sonho que consumiu madrugadas da copeira: Gente fina requer porcelana e prata, serviço à francesa. Ela até mordeu os lábios, evitando contestar essa finura com suas fotos de celular dos mijos dos conselheiros respingados no chão e nas tampas das latrinas. Insone treinou responder, mas se resignou a moer seus argumentos.

Durante a visita semestral do médico do trabalho, Alice apresentou seu drama para o empolado de bata branca que aconselhou: Há doze milhões de desempregados. Não provoque, senhora. Na igreja, o Pastor repetiu: registrada em carteira, salário no banco, seguro saúde, vale refeição, seguro de vida, vale transporte, mais previdência privada... a senhora quer flertar com o abismo? Reze e restaurará a paz no seu coração, agradeça por ter o que tem.

Num dia de reunião, uma velha sentada a seu lado no ônibus, de repente e do nada, cavalo de orixá, lhe dirigiu uma única frase de uma voz alterada — Chega de espuma, a vida não pode ser um fósforo queimado — desembarcando antes que Alice superasse a catatonia do espanto.

Mal assinou o ponto e fez xixi, prendeu o cabelo e vestiu o avental. Em minutos serviu dezenove cafés, um xá de cidreira, um preto e um de erva-doce. Felizmente a amiga fervera água com antecedência. Oito recusaram. Nova rodada, outra e outra se seguiam à espera do pronunciamento de cada conselheiro, Alice não parava de trazer novas bandejas fumegantes, em intervalos de minutos, embora ninguém pedisse ou bebesse mais.

O presidente do Conselho estupefato buscou os olhos da destrambelhada, ordenando que se retirasse, suspendesse o serviço; mas Alice desobedeceu, trazendo de uma porta lateral uma avalanche de xícaras, provocando uma fermata sem que ninguém entendesse coisa alguma. De pé, aos gritos, o *chairman* expulsou a estouvada da sala.

E, antes mesmo que ela entendesse a gravidade da repriménda, também de pé, o representante da agroindústria de alimentos e bebidas ergueu a voz: Dona Alice, pode me dar um minuto em particular?

Tomou-a pelo braço e na copa, haja fortuna: A senhora me presenteou com o mote da campanha de inverno deste ano, Café é Emoção. Venha amanhã cedo ao nosso escritório, aqui na avenida, ao lado do Museu, pois já visualizei um filme na TV com a cena que criou. Aceite atuar conosco, haverá uma série de anúncios.

Maravilhada com o convívio de atores, roteiristas e diretores de filmes publicitários, Alice ingressou na agência a serviço das torrefadoras de café, enquanto sua irmã, trazida com urgência de Paracuru, a substituía na copa da Associação. Solução emergencial e de confiança, honesta e recomendada, toleraram a novata com seus versículos e salmos intercalados por uma tosse acatarrada.

Informal, sem carteira assinada, do outro lado da avenida, Alice permaneceu quase dois anos na produtora de vídeos como figurante. Face à crise cafeeira, viu-se rebaixada, descascou cebola e recolheu lixeiras. Nas viagens da linha Jardim Miriam- Vila Gomes, ida e volta à casa, aspirando oportunidades, rechaçava fazer um aplique na cabelereira ou comprar uma bicicleta antes de juntar o dinheiro para tratar das mãos.

Vieram dias estafantes no estúdio em decadência, onde auxiliava na iluminação das cenas ou enfornada na copa, novamente num cubículo de paredes desbotadas por vapor e mágoas. Tingiu-se de palidez. Fim de expediente, pouco antes de descer na estação Morumbi para obrigatória baldeação, ouviu onze palavras nos conhecidos tom e timbre do orixá: Chega de espuma, a vida não pode ser um fósforo queimado.

Degolada pela catarse, desistiu de prosseguir. Desviou-se de uma lagartixa na calçada e entrou no primeiro boteco onde pediu um rabo de galo que nem sabia ser um brinde de capetas. No balcão úmido de resina de fórmica, seu copo ficou esperando o primeiro gole, atraindo moscas zanzando ao redor da luz cansada, ronco de espremedor de laranja e um funk no rádio de um taxi estacionado na porta. Daria a primeira bicada, mas suas narinas captaram o cheiro do café e ruídos de xícaras em lavagem. Da pia, manejando uma toalha imunda, o barman siderou: Ô belezura, encara um pancadão do Segura o Silicone? Com o olhar deixado nos ladrilhos cinzas das paredes, uma lâmpada fluorescente piscava, ela balbuciou sem mirar o interlocutor: É bem longe?

Perdigotos

À espera de implante, cuspo sem querer pelo buraco do dente. O conserto custará quatro pilas. Doravante, presentes só darei baratos, proibidos restaurantes. Trocar o sofá espera, quenga nem pensar. Sem chocolate à noite. Moratória na academia, exceto o cineminha com pipoca.

Tenho cinema na veia desde a infância, do Braspoliteama, do Roxy, do Universo, que o teto abria em noite sem chuva, do Paris da rua Tibagi, do Lux da José Paulino, do Marconi da Correa dos Santos, do Paratodos, do Paissandu. Dois filmes por dia com uma só entrada, groselha e pão com mortadela. Seriados interplanetários, Tarzan, Zorro, Roy Rogers. Torcia para o bem camisa preta ou branca.

Babo envergonhado e meu dentista vaga de moto pelo Marrocos, comendo tâmaras atrás das montanhas Atlas. Esconjuro. Comi a última tâmara cristalizada, em Juiz de Fora, faz anos, na casa da tia Bela, especialista em maionese.

Salivo e percebo mulher me evitando. Careço, mas em junho tapo esse pinga-pinga de torneira. Me enojei do chuvisco do seu Moisés, da York Magazine, no Brás, que babava até eu me conformar que se esgotara o estoque do disco do João Gilberto. Só de lembrar contenho meus torpedos líquidos com a loira do caixa da Drograria São Paulo. Antes ela ria das provocações. A garçonete gaúcha do Moscatel pôs o dedo no meu nariz: "Vá tomar vinho noutra pipa, chê". Não mereço a degradação, estou por baixo. Só me acolhe a do Nespresso, aquela que coça a vulva com herpes.

Além do dente tem que acontecer coisa boa. Dinheiro, saúde, moradia, tudo estrepado. Obras no elevador, no apartamento vizinho, o gira-gira noturno dos caminhões-cimenteiros na minha porta, cachorros latindo e gatas no cio. Mudar pra onde? Com que dinheiro? E a tortura da demolição no sobrado adjacente traz formigas pelas paredes. Das pequeninas, das grandonas.

Descompensado peidei na porta giratória do Itaú. Inesperado. Fui sacar as quatro pilas para o dentista e a gerente da conta, a bunduda da Talita, me empurrou um aplicativo que não sei e não quero usar. Cago só de pensar em clonagens na rede. Cresci na boca do caixa. Os bancos me mandam boletos para imprimir em casa. É hora de sumir? A gentalha me quer digital, se vinga porque não ouço funk, rap, sertaneja, essa corja que fala rápida, que entendo metade, skate, patim, tatoo e piercing. Me carimbam de chato. Entendo, as pessoas também me cansam. A saliva respinga no pescoço, enxugo pra disfarçar. Rejeitam meu beijo de cumprimento.

    Babo no maxilar, no meu rosto de queijo. Debocham das minhas palavras antigas. Soberba de advogado. Ninguém mais fala boa cepa. É cultura bacteriana. Ainda uso catinga como mau cheiro. Babo e preciso de semanas para que enrijeça o osso enxertado na boca. Até meus alunos se sentam nas cadeiras de fundo, fugindo do cuspe. Vingança do céu pois de menino apelidei o professor de português de doutor Perdigoto. Aqui se faz, aqui se paga. Passo a mão para secar o queixo, esfrego na calça, tenho aversão de mão úmida. De gosma, de lesma, de bicho de goiaba e de mexilhão. Cuspe, nata, membrana boiando, corrimentos. E minha mãe forçava que eu bebesse leite, mas eu vomitava pedaços de pedaços. Regurgitar fecunda ideias chulas. Perdido em perdigotos só encontro palavras sem tradução.

Laços

Jornal

Mordisco o cerro, pampas no cânion do calor. Me encaixo no meridiano. Enfeitiço-me a um tico das coxas; tez *al dente*, arrepio a perder de vista. Migro na lenda, no lago. Mordisco as falésias rubro-negras, lambo perpendicular à felicidade, o estojo de cetim, o promontório de devaneios. A pele lânguida, rosa, cheirando vindima.

— Esquento o arroz para você? Renata me interrompe áspera. Tenho trabalho pela frente. Quer pão integral para o jantar? Acabou o coador de café? Salaminho? Chega de digitar. Olha, a cerejeira floriu. Sai desta cadeira. Compro sorvete?

A escrita derrete. Amo o que falta e Renata celebra me despertar na discórdia.

— Estou sem fome e agora perdi a embocadura do texto.

— Você escreve com o cacete. Trago cigarros? Vou passar na farmácia, estou com cistite. Quer alguma coisa? Levo a chave de casa, não precisa abrir a porta quando eu chegar. Compro jornais para você. Domingo tem anúncios de emprego.

Nos arquivos da vida os seus peitos cresciam com o sutiã. Renata ficava à vontade abaixada com a bunda empinada, concentrada em achar documentos. Chorava quando gozava muitas vezes. Era de gastar em sapatos, bolsas, perfumes e sonhos, a maioria de maternidade e independência. Sortuda em consórcio, boa de vinho, dançava embevecida os boleros. Não evitava descontrole. Era jovem de pele e potente de fígado.

Apaixonei-me primeiro pelo seu nome — três letras iniciais de banco de investimento; perfil magricela; o cabelo liso sobre a testa. Voz resfriada. Dedos finos. Altiva, olhos berberes e mimosa sensualidade entre as argamassas de dentro e de fora.

Curioso, quis tudo numa sucção de tornado. Abstrato, ela me demovia. Concreto, me sepultava. Envolvente, pegava a bolsa e ia embora, às vezes ao banheiro. Simulava acaso e indiferença. Uma vez provou faceira um vestido para mim. Eriço ao recordar que escapuliu gingando. Fez-me reparar nos brincos pequenos, no batom pudico sobre lábios levemente mais finos do que idealizara. Sardas que lamberia com vigor e afeição.

Comia feito pássaro: devagar e pouco. Reservava gritinhos para doces; ou queixumes, se estufada. Caminhava depressa para pernas curtas. Suspirava. Curiosa, saboreava descobertas no computador nos sítios de culinária. Preferia o cinema americano a filmes densos. Aglomerações a intimidades. Fantoches a retalhos.

Nua, pintava as unhas dos pés — boa companheira de si mesma. Nua se depilava serena. Nua, lunava. Vestia-se como se fosse a outro universo. Arranhava pagã meu dorso que lavrava com cuidado. Lustrava, limava, melava, crispava, dentava e punha-repunha-punha-respirava. Ondulava desde o bíceps a querer mais. Se contrariada me plagiava: "A escuridão não é igual ao nada".

Macabeus tentamos reconquistar nossos templos e reiniciar as liturgias, mas a história foi entrando nos quintais soturnos, erguendo tapumes. Crenças desconstruíram crenças. Evaporaram vitalidades entre desavenças. No nosso tablado, desbotamos tragédias e paródias, corroemos as cortinas mais sábios, menos espontâneos: o alpiste faltou na gaiola do papagaio.

Renata volta das compras atirando a chave da motocicleta no aparador. Comprou o jornal, trouxe o caderno de emprego.

Aquidauana

Uma para Aquidauana, ordenamos quase juntos nos guichês contíguos da Rodoviária Tietê. Fazia calor. O esgarçado tecido da poltrona 31 colheu meu suor; o da 32, o dela. Uma vez reclinadas, o ônibus pontual partiu e a vida desfilava a 90 km por hora pela janela embaçada do Mercedes Benz. A estrada tingida pela estiagem, oeste na proa, cravava no horizonte hachuras resignadas do poente.

Seu nome? Não me lembro se Elen ou Suelen. Uns 35 anos, seios pequenos, pernas finas, corte Chanel, moletom de brechó, perfume discreto. Ao acaso registro muita bijuteria, uma pequena borboleta tatuada no tornozelo esquerdo. Nem vigilante, nem extrovertida. Seria enfermeira, balconista ou babá no cerrado? Solto meu arsenal de preconceitos. Porque viaja ao pantanal? Não há filtros entre minhas narinas e seus cabelos oxigenados, gestual indefinido, impessoal, lábios espessos e braços finos. Descrever mais seria um nada. Apenas penumbra sem luar, sem bocejos, pelo menos dela.

Sacolejos e nossos joelhos se tocam. Inocentes? Afortunados? A lataria rodante oferece muitas horas até o Estado vizinho. Aposto sob risco que a trepidação costura complacências compartilhadas. Seguro com a mão a minha coxa; a dela repousa no seu joelho. Um forte chacoalho, uma brecada, as mãos se tocam convexas e depois côncavas: permanecem duas onças no mesmo capim. Estremeço. O sangue circula. Respiro depressa. A calça me aperta. As mãos se entrançam, eriçam abrindo outros diques de intimidades, circundando a alegria qualquer.

Já patinam em sinfonia meus dedos e os dela. Honramos a cartilha lúbrica. As unhas esmaltadas raspam o centro de minhas palmas e me arrepiam. Suspeito, mas, enfim, tenho certeza de que o seu peito arfa. Faço tosca pressão que ela acolhe calibrada. A vizinha da 38 ronca alto, sem apneia. Um farol ilumina o crucifixo de uma capela.

Umidades em trajetórias paralelas, esbarro num mamilo que sobe e desce. Um odor de germicida vaza da porta do banheiro que se abre e fecha numa sequência adversa.

Espanto. Sobe a voltagem sem fio terra. Ela tira sem pressa o casaco flexível de plástico marrom. E nos protege, cobre-se dos peitos aos joelhos, minha mão submerge em seu colo, trafega em suas dunas. Pressiona, vai e vem. A direção é correta, o imaginário ampara. Haja morfemas. Abraço-a e a outra mão cruza o vão entre botões da blusa branca, alcança um seio cálido. Foi tão gostoso que surgiu seu primeiro som: "Ai, amor".

Beijo seu pescoço. Mordisco o ombro. Suas pernas se separam acolhendo o lampejo. As línguas se conhecem, exploram dialetos. Ignoram ferragens, cintos, braçadeiras, rebites, parafusos, travas. As dores lombares ficam adiadas.

Névoas na serra. O assoalho vibra sincopado com os pneus e quase não piscam as poucas estrelas que nos festejam. A imprevisibilidade esmaece. As pontes, os rios no estio, seixos à mostra, respiram agendados para acomodar chuvaradas que não vem.

À frente de uma fazenda descampada, uma placa enorme anuncia Aquidauana, dois km à direita. Amarro o cordão dos sapatos. Masco um chiclete mentolado, brinde dela, Elen ou Suelen sentencia: Sem amanhã. Não sou como todo mundo, apenas gostei de você, foi só um veleiro encontrando o mar.

Sirene

Em Jerusalém, crente, mas não religioso, a trabalho, Rui enrolou um cilindro fininho com o papel timbrado do hotel King David, fornecido pela *concierge*. Guardou-o no bolso do capote, antes de sair pela porta giratória. Ainda no lobby, com a caneta da sorte, nele escreveu: D'us eterno e único, desejo o amor dela.

O vento gelava seu nariz proeminente, pontudo, maltratando a pele que se descascava da insolação de Ubatuba. A neve hostil zunia e gemia espatifada no rosto, misturando-se com folhas alaranjadas forrando o chão. Nos canteiros, grama alta.

Pensou: todo dia removem os bilhetes para abrir espaço aos novos. Para onde encaminham os velhos? Enterram no Monte das Oliveiras? E caminhou na Cidade Velha com o coração disparado, enfiou o rolinho na fresta disponível, efetivando a mensagem no muro sagrado. Mas nada é só bom, havia que manejar uma montanha de remorsos em caso de sucesso. Sabia-se despreparado, casado, incapaz de se separar, mas desta vez disposto a tudo. Com D'us não se brinca. E seu psicanalista repetia: cuidado com o que deseja, pois pode se realizar. Sinal de sorte no seu imaginário eram os cachos de pinha abundante nos ciprestes do Monte do Templo, na infância dormia com um debaixo do travesseiro.

No mesmo fuso, na pauliceia, o verão acariciava os Ipês. Ela pedia proteção ao terreiro de umbanda da rua Belém. Tomava um passe de Ogum, vacinando-se no essencial: o Rui tem treino, um brilho estranho no olhar de pombo e um mingau de palavras. Sempre pergunta como pode me ajudar. Tem dentes tortos e hálito incerto. Orelhas de abano e estrabismo. Evito. Não tenho vocação para Capitu. Por Oxossi, só visto calcinha e meias brancas indicadas por Iemanjá; carrego arruda e alecrim na bolsa contra malvadezas. No culto, Oxossi já me preveniu, na sua trilha há um homem tentador, mas horrível, à espera de suas pernas para um cavalo de pau. A prevenção é você sentar por três luas minguantes debaixo de um abacateiro contemplando o céu. Consiga uma faca da cozinha dele e dê para um amolador de rua.

Rui a contratara por impulso. A agência de empregos acionada a indicou numa lista. A face de pássaro e a cintura egípcia pesaram. Seu jeito de espiar sem interesse, um modo de arte, não é? Versátil em digitação, inglês fluente, dedos finos, decote discreto de seios promissores, fizeram-no perguntar por que não? O temor morava nos quilômetros de tarefas a percorrer no caminho, na mesma grande mesa onde o jarro de porcelana requer cuidados.

Maria aceitou o cargo, vale refeição, seguro saúde, vale transporte, previdência privada. Rui lhe pareceu controverso com as meias ocres pulando felpudas para fora do tênis de jogador de basquete, incompatível com a barriga querendo prosperar. Decidiu-se pelos fatos, menos por narrativas. Se não dá para pisar forte na areia, que seja nas pedras dessa Paraty Comunicações Limitada.

Entenderam-se.

Mas atalhos são picadas que têm trilhas estranhas e tempo descoberto. Ás vezes gangrena moral. Depois de crochês de entusiasmo, bastaram semanas, Maria passou a subir o tom incontido, irritada quando os pedidos de ajuda de Rui lhe desviavam dos afazeres. A maioria vinha de um náufrago sucumbente incapaz de respirar no computador: o que era *boot*, como criptografar um documento, abrir ou não um anexo, seria vírus? o que você acha disso e daquilo? Em casa, desabafava com a mãe, não somos do mesmo cardume, mas que santa ignorância, sem perceber que também degradava a analfabeta digital, exímia doceira. "O palhaço assina artigos nos jornais".

Rui se impressionava com a rápida inserção afetiva da novata na equipe do escritório: em poucos dias, líder ao lado das colegas, já provava vestidos, badulaques, bijuterias e quitutes ofertados por vizinhas do edifício nos intervalos do almoço e no final do expediente. De casa, trazia bolos que a mãe preparava para distribuir no café coletivo da sala de reunião, antes de começar as jornadas. Discreta? Só na presença de Rui permanecia calada. Fazia cara de paisagem, olhar de hipnose diante de velas acesas.

Maria amava um jovem na Aclimação, mas se comprazia com a percepção de que Rui não despregava o olho do seu busto. Precisava do salário, do orgulho próprio e da segurança da atração. Aceitava convites do chefe no almoço, encolhia as pernas sob a mesa, mas não se policiava o suficiente para evitar um ou outro esbarrão. Que se danasse o sinal duvidoso. Sobriedade é um gosto, mas um esforço, tampouco se considerava rainha das bondades. Não semeou ilusões, mas temia a violência da decepção.

Ele apreciava a demorada mastigação da magrinha, ela disfarçava a aversão pelo chefe a engolir lasanhas. Viciado em carboidratos, ele admirava a secretária experimentando peixes e risotos. Ela se resignava ante o aroma indesejado dos vinagretes dele, e se espantava com as barrinhas de cereais que o homem ainda devorava depois de farta comilança.

Na empresa, não havia plano de carreira, nem treinamentos. Rui tratava de compensar o vazio com muita conversa, em boa parte fora do escritório, em bares e restaurantes. Várias vezes com a equipe toda; outras, particulares.

Rui e Maria se complementavam nas análises da economia, da política, dos clientes. Ele na rota do eu sei que não sei, quando nada significa nada; ela, no evangelho, na moral, na ética, consolidando o metro e meio de distância que decidira guardar entre os dois. Estava consciente de que o medo de sentir é sentir. Paz duradoura, e os portões se entre abriram. Pessoas se perdem, defendia ele; querem serviçais, rebatia ela. Homens andam vulneráveis, indecisos, ignoram quem são, o que querem. Ela rebatia: machos querem dominar, servem-se de ficção.

Rui ao acaso viu sobre a bolsa dela uma foto de Paulo Zulu, da TV Globo. Engoliu seco. Mais do que decepção, sentiu impotência, fracasso, não dá para competir com os *pops stars*. Conseguiria harmonizar fragilidades com a melodia da conquista?

Maria observou que Rui quase não erguia os pés do chão nas passadas de volta à Paraty. Pés chatos, artrite, artrose? Intuiu uma trepada preguiçosa. Rui corria para acompanha-la na avenida, andava rápida demais. Seria uma fêmea gulosa na cama? Ela escondia enxaquecas. Ele ocultava queda na audição. Ela se maquiava bastante por causa das pequenas rugas no canto dos olhos. Ele escondia o sono que derrubava as pálpebras nas reuniões depois do almoço. Convinha-lhe adiar sua exclusão da ativa, um risco crescente no radar como que pendurado num frágil barbante.

Maria — numa passagem incerta, tempo de volatilidade e imprevistos — deu com o seu meninão aos beijos e abraços no chuvoso parque da Aclimação, justo com a *personal* dela. O luto durou toda a quaresma, afastada viveu do INSS. Rui se desdobrou em consolos e confortos. Enviou flores (ela detesta). Comprou livros (ela catatônica). Enviou bandeja com desjejum no domingo (ela anoréxica). Telefonou, só a mãe atendia. Tinha horror de ser considerado oportunista, pegador, mas vestia a carapuça inevitável. Sonhou que transou com ela, quando ela fingiu orgasmo. Na cena, acordou em plena sudorese, ao escutar de Maria transtornada: minha menstruação atrasou. Desperto, a voz era a da sua esposa misturada à sirena de ambulância na avenida Rebouças.

Um tico

Na pérgula do clube, papai lê jornal. O que mais quero é sua atenção. Ele não sabe nadar, nunca admitiu ou se preocupou com isso. Aprendi sozinha sem ajuda. A piscina está aí embaixo, gelada. É cedo, o sol ainda não aqueceu a água. Domingo, quem madruga?

A voz de papai me queima: "Nada de bicicleta na rua" ou "Menina não chuta bola". Se flagrar, fura. "Fique ao lado da vovó e aprenda corte e costura com as tias. Mulheres de família devem dominar agulhas, o manejo de algodão, lã e linho".

Inconformada, consegui nadar no açude com os meninos do zelador, escondida do cretino e da família. Em troca, beliscavam meus peitinhos. Aprendi a esconder e negociar para conseguir o que quero. Futebol, nenhuma das minhas amigas pôde jogar. Nem eu. Com meninos? Já concedi um tanto....

Forço a tábua do terceiro trampolim. Seis metros de altura. Meu pai vira uma página do Notícias Populares.

Forçado pela minha avó, pela primeira vez ele me traz aqui no Clube. Esbanja desconforto. Atura porque a matriarca ordena: "Mocinha precisa de ambiente". Espremido entre o poder e o tédio, ele não atribui qualquer valor à minha conquista destemida. Pouco lhe importa se sorrio. Mal me vê. Até caçoa.

Abre nova página. Está mesmo lendo ou finge? Se ao menos fosse um livro daqueles que me obrigam a ler na escola. Na secção de esportes, o bronco se demora bastante. Me crispo de raiva, o tosco não me olha. É do tipo que disfarça, faz cara de paisagem. Ôôoo, merda, o maiô entrou na bunda. Ajeito, fazer o quê? O salva-vidas me deseja descaradamente. Eu gosto do lindão, cuida da nossa segurança, mas testa nossa vergonha.

Papai limpa as lentes dos óculos com um guardanapo; range sua cadeira de alumínio, feio de dar dó com sua bermuda e sandália de feirante. Sonha abrir uma marcenaria. Camiseta das Casas Bahia. Barriga dobrada sobre o pinto. Estou no controle do seu tempo. Êpa, olha só, o velho: finalmente está picado pelo interesse. Entrei no seu radar de bedel do demônio.

Balanço a tábua do trampolim que resmunga e verga uns quinze centímetros, os mesmos da cintada cicatrizando que me deu na barriga da perna no dia em que bebeu porque a mamãe sumiu com outro. Apanhei sem motivo, ele bateu com a ponta da fivela.

É agora, tem de ser.

Certa da sua atenção, eu galgo um metro no ar antes da cambalhota aérea rumo à água que perfuro feito uma agulha silenciosa. A marola se espalha com o pulo perfeito, ondula no azul que a mamãe vestiu antes de nos abandonar. Nado até a beira, olhar controlando sua reação, em busca de qualquer aplauso, mesmo que um simples sorriso. Nem um tico.

Elza

Na manhã cinzenta, a esteira escapuliu lentamente com o esquife de Elza. Foi-se lacrado, sem visor, cruzes ou estrelas, nenhuma flor. Era o feriado de Tiradentes. Cumpriu-se assim o desejo de ser cremada. A morte a atingiu como arpão numa garoa que Elza considerava uma ofensa do além. Perita em frases de efeito, aproveitava demoradamente os pingos pela janela da samambaia.

Duas dezenas de pessoas ritualmente me cumprimentaram. Vários avessos à religiosidade se ausentaram da cerimônia. Entendi como prelúdios em velórios. Ao pó voltarás, determinam as Escrituras, sem brecha crítica nessas pitadas de fé. Nos romances chamam de pontos cegos. Pecado? Na Ásia seriam bilhões de culpados.

Fazia anos que a neta Laurinha, a curatela da mamãe, não via as primas ora presentes com bijuterias no umbigo à fresca. Nenhuma visitara Elza no asilo. Bem à vontade na morgue, uma prometeu dar sobrevida às deliciosas receitas de doces e de maionese. Outra, pretendeu reviver a arte das agulhas para crochê e tricô. Da avó, rememoravam um verão na penhorada casa da praia em Rio das Ostras, cuja venda propiciou fundos para pagar a farmácia, fraldas e anti-inflamatórios. Não tinham muito o que expressar no teatro do luto.

"Paciência e paciência" era o aforisma preferido da avó em todos os tempos, para além das palavras, imagens e encenações. Ceramista moldava estrofes nas laterais dos utensílios de barro — Pessoas me recompensam com ausência — registrava à espera das fornadas de cinzeiros e cumbucas com as quais presenteava parentes e amigas. No crematório, a ladainha era: prima Laurinha cresceu parecida com Elza, cara de uma, focinho da outra. O clichê da semelhança fustigava o saudável silêncio.

Laurinha encomendara para a cerimônia que tocassem um piano de Eric Satie, paixão da avó, mas o serviço público não dispunha da gravação. Contrariada suportou estoica os acordes de má qualidade de um adágio de Albinoni, além dos subsequentes beijinhos pra cá e pra lá, acenos cariocas de faça o favor, apareça lá em casa.

Elza descansou foi o refrão das condolências, enquanto veio entrando no salão outra plateia, desta vez asiática, para a subsequente cremação mais fria e impessoal do que a de minha mãe. A encenação de melancolia e da tristeza dão a tônica nesta engrenagem que segura a ansiedade pelo rápido desfecho. A economicidade do forno crematório depende da preservação da temperatura que, uma vez alcançada, requer uma operação eficiente por sucessivas bateladas, tecnologia antiga como descascar cebola.

Os dois apartamentos da mamãe em Copacabana, joias e um acervo de Di Cavalcanti desapareceram nos bolsos dos médicos e hospitais. Os anéis pagaram um escambo com a dentista geriatra que fez duas jaquetas quinze dias antes do passamento da cliente. Elza gastou até o último tostão valsando na imoralidade da saúde.

— Imprima muitas cópias do atestado de óbito. Pedem em toda repartição, me aconselhou um conhecido que veio se despedir, cobram papéis para tudo, bancos, previdência, especialmente para a execução do formal de partilha.

Partilha zero, prendi na garganta. Consegui fingir surpresa e espanto, percorrendo as vielas do cemitério de São João Batista. Espero que Laurinha apanhe a urna com as cinzas em uma semana, disse para o fulano, só para ter o que dizer. Percebi que a figura tingia o bigode e associei com cócegas nas palavras sibilinas.

Mijando na toalete do crematório, repensei que Elza jamais presenteava alguém com um objeto que não valorasse por si mesma. Cultuava a inventividade, a beleza, a sedução. Leitora de poesia, pedia à neta que as lesse, depois das duas cirurgias de cataratas e os dois transplantes de córneas que não repuseram sua acuidade.

De bexiga vazia, já do lado de fora do sanitário, escutei:

— São muito feias as urnas disponíveis por aqui, papai. Prefiro provisoriamente um saco lacrado, enquanto pesquiso algo à altura da vovó.

Passado o resguardo, vento de leste de boa qualidade para o Rio de Janeiro, espargimos as cinzas no Jardim Botânico, ao lado de vitórias régias que pareciam em compasso de espera, fieis amores da mamãe. À sombra das palmeiras imperiais, a poeira cinzenta espalhou-se como se chamada por uma duna sagrada. Partiu depressa como se expelida por um tornado.

Dia sai, dia vem, aos berros Laurinha me telefona do laboratório de anatomia onde leciona medicina:

— Papai, a vovó é o novo cadáver para as aulas, está aqui num aquário de clorofórmio, inchada, esponjosa. Chame um advogado urgente, o céu para nós ficou pequeno.

Emil

— Toda mulher é vagabunda.
— Papai, minha prima não.
— Sua prima, sua tia, todas são.

Emil oscilava entre a pequenez e a generosidade. Músculo de granito e olhos azuis, externava esperteza e rancor. Na padaria Quintas, sempre molhava o bigode na cerveja, pagava rodadas para sua turma. Apostava que pessoas são medrosas. E não se compadecia com a dor alheia: açoitava covardes.

— Comigo, mulher não balança o traseiro nem por descuido.
— Mas sua neta?
— Ela que marque hora e se entenda com o marido. Lugar de mulher é no tanque.

O mundo se empoeira para Emil, não há para onde escapar. Nesta Terra, seu impulso — de punição, de ressentimento e de cala a boca — não retrocede.

— A vagabunda da sua tia fez tatuagem. É ridícula de mini saia, cabelos compridos. Ela não entra mais na minha casa. A palhaça acaba com nossos xampus e cotonetes, acumula roupa suja e carrega a lavanderia.

— É irmã da mamãe, não diga isso.

— Já proibi sua mãe de ir à casa dela.

Com frequência subia o tom irritado sobretudo porque o seu ouvido direito quase ensurdecera e a audição do esquerdo dependia de sons elevados. Ciscos borravam sua percepção. Interlocutores discordantes o incomodavam como lavas incandescentes. Aos de sorrisos postiços praguejava chuvas de ofensas mostrando a gengiva.

— Pai, as irmãs são sexagenárias e se apoiam, se falam todo dia.

— Tem de parar com isso. Telefonema custa. O lugar da tia é na várzea, no subúrbio, na ruela da luz vermelha, a mais distante possível.

Melhor me calar, evitar que se enfezasse. Argumentar adensa sua violência. É um trapezista sem rede de proteção, enfrenta tremeliques e contingências com uma memória notável de orelhas de livros.

— Domino a gramática do sentimento, soldo carinho com porradas que distribuo como balas para crianças.

Em um mês, espancou um motoqueiro que, no semáforo, teria olhado demoradamente para a mamãe. Bateu no entregador de jornais, suposto autor de um pequeno risco na pintura do seu automóvel. E expulsou de casa a recenseadora do governo, com vaporoso decote em vê, pela má conduta em casa de família.

— Não é grosseria. É coragem. Não sou frei, nem piedoso. Tolerância, comigo, é desconvidada.

Ao perceber que meu irmão caçula deixou a barba crescer, desatinou. Esmurrou a porta do quarto dele com estardalhaço e os vizinhos assustados chamaram a polícia. Na confusão, para os fardados valeu o álibi de *border line*. Emil trancou-se no quarto da faxineira procurando se realinhar. Pediu um ovo cozido, começou a ler Guy de Maupassant.

Para uma esmoler que tocou a campainha aconselhou: morda a bochecha que passa a fome. Ao gari que lhe pediu a gorjeta de Natal: experimente semear para colher grãos. E ao vigia noturno a pedir um empréstimo: aqui não é abrigo de sonolentos.

O vizinho psicanalista o qualificara de anal-sádico porque na penumbra, por economia, não acendia as luzes, tampouco abria janelas por aversão a gatos e pernilongos. Acumulando rubis e nevos na pele, ampliava a ojeriza a médicos. E vice-versa.

— O doutor aí do palacete da frente é um sanguessuga, tusso com seu cheiro de éter. Quando cismo é porque é. Se atribuo má sorte a um paletó, rasgo, toco fogo.

Queimou na varanda seu único casaco de inverno e o smoking da formatura do filho, ambos — a seu ver —

causadores de desventuras. Destrói vestígios do capeta. Na frente de netos, socara a mulher porque fizera plástica dos seios às escondidas. E novamente, de supetão, porque ela tirou carta de motorista sem lhe pedir licença. Dispensava conciliação. Subserviente, mamãe nem argumentava. Compensatório, ele lhe trazia joias vagabundas: se não usasse, jogaria no rio Pinheiros.

Emil envernizava-se com livros que não lia, memorizava trechos para oprimir com falsa erudição. Furava a bola das crianças para não serem atropeladas. Usava a bengala do avô para amedrontar, porque ser brutal era o verbo ser. Com o fígado abalroado por vermutes, calçava raivas sem endereço. Tirano fraseador fez sua mulher desaprender a aspirar. Congelou a meiguice e obliterou a razão. Atrofiou-se.

No meio de uma colherada de sopa, ou às vezes retirando mato do jardim, Emil punha-se a gritar: Quero voltar para minha casa. Me tirem daqui. Olhava o infinito. Falava de si. Outro tema não lhe passava pela cabeça. Frequentemente obscuro ordenava: veja se estou com febre, sempre que voltava do centro da cidade, onde invariavelmente tentam lhe roubar a carteira. Em seguida, respirava acelerado, caminhava até o quarto e procurava algo embaixo da cama onde se enfiava. Tudo que me roça é pegajoso.

Passava duas vezes por dia um pano de prato nos dois calhambeques, que não venderia de jeito nenhum; ou lustrava seus amados revólveres (um calibre 22 e dois 38). Esfregava flanelas no aparador até que permanecessem brancas. Pó era seu purgatório. Quando uma visita entrava no lavabo, agitava-se desconcertante, cobrava presteza da esposa que enxugasse a pia e recolhesse o papel higiênico usado.

— Não chegue perto. Vá trocar de blusa, põe a sua para lavar. Qualquer despedida com abraços transmite bactérias.

Num inverno grudou na televisão, abandonando as leituras. Reviu várias vezes a Paixão de Cristo e Sansão e Dalila. Dizia tragar o perfume das coisas. E trocou carnes vermelhas por peixes e frangos.

— Quero me livrar dos feitiços dos bichos de quatro patas. Cheiram mal, cheiram por dentro. Gosto de aves e da vibração coordenada das abelhas.

Levantava-se da cama no frio da madrugada à procura de insetos nas frestas dos rodapés supostamente infestadas. Frequentemente, buscava a escada de pedreiro nos fundos para subir ao sótão, onde guardava as mais diversas e estranhas tralhas (ladrilhos, cimento, vidros, caixas enferrujadas, conexões de canos, ursos de pelúcia e porta-retratos vazios). Não se sabe o que fazia lá, gatinhando sob as telhas no vão de um metro de altura, correndo perigo de torrar-se na fiação elétrica. Passava horas neste retiro.

— Meus bisavôs querem privacidade, demoro porque ali me visitam. Me trazem notícias. Discutimos a situação nacional.

Sabia de cor a posição das chaves em cada porta de armário. E qualquer indício de vida na casa ativava seus alarmes de controle. Atribuía-se a autoridade de escolher e retirar das gavetas as mudas de roupas da família. Desarrumam. Sequer permitia que entrássemos em casa sem tirar os sapatos, as poucas visitas tinham se acostumado. Outra noite, amigas da faculdade do caçula vieram lhe fazer uma serenata. Foram recebidas a tiros. Uma bala riscou o teto da sala da vizinha, repleta de convidados. Sulcou a pintura e despencou dentro da taça de vinho de um conviva.

— Quebraram meu silêncio, berrou, explicando a um emissário que veio tirar satisfações. Ladrões do meu sono.

Quando sua mulher visitava o cunhado cadeirante, Emil estacionava o velho Fiat na porta e não entrava. Esperava horas no volante até que ela retornasse. Esta gente não presta, justificava. Repetia a conduta na porta do meu prédio. Sua mulher, patife, acaba com o seu dinheiro.

No Brás, onde cresceu, todos eram filisteus, bizantinos e cáfilas, desde os vinte e cinco anos quando caiu de cabeça da varanda de um sobrado, erguendo com cordas um guarda-roupas numa entrega de sua loja de móveis.

São Paulo está um estrume, multiplicam-se os pilantras no Baixo Augusta, ímpios, excretados sem moral. Entrementes, ampliava os negócios, inclusive no Baixo Augusta. Enriqueceu expandindo as franquias das "Casas Emil".

— Para vender bem, precisei comprar mercadorias de enforcados. Mijo na hipocrisia e na polidez.

No prontuário policial, sua ficha evoluiu de agressivo para contraventor tributário. Afastado do dia a dia do comércio, começou a catequisar em língua africana. Deu de pedir charutos à esposa nos intervalos entre xixis nas horas do lobo.

— Na infância, convivi com uma cozinheira, filha de caboclo velho com Iemanjá. Ela, fritando bifes, incorporava e me acostumei com os orixás e com o invisível.

Depois de uma febre de 42 graus, no entardecer de uma sexta-feira santa, acordou e iniciou um jejum. Apanhou e rasgou meio metro cúbico de fotos arquivadas. As declarações de Imposto de Renda da vida inteira. As cartas de namoro. Não parou até a noite seguinte. Abstinente, não tomou sequer um copo de água, quando concluiu a fogueira da papelada e pressenti algo novo.

— Papel é um perfume desfalecido, um máximo do nada, justificava aos atônitos presentes. Produz decepção, arrependimento.

— Seu pai está biruta de vez, mamãe me disse desnorteada.

Os espasmos se espalharam pela rádio peão. O carteiro, a babá da casa defronte e o verdureiro da caminhonete que abastecia a rua, todos passaram a consultar regularmente o "cavalo" Emil que servia a Oxóssi, além de Ogum. Em transe, de quimono, instruía casos de amor, gravidez, soluções profissionais e prevenia perigos para a saúde. Vidente conquistou — boca a boca — o interesse do bairro.

Sugeriu para a arrumadeira, sobrancelha erguida, fala abreviada, a separação de um parceiro que bebia e a atormentava. Ao entregador de jornais comunicou que procurasse outro emprego, nem que fosse em telemarketing. À manicure que cortava as unhas de seus pés, dadas as dores de coluna, alertou: de que jeito quer ser lembrada pelo seu filho?

Seus dois carros passaram a pernoitar na rua e a garagem converteu-se em ambulatório espiritual. Emil assumiu-se protagonista celeste, recebendo donativos em profusão. Para municiar os trabalhos espirituais, pedia meias, fronhas e fotos dos nomes que careciam de proteção. No aposento dos fundos, acumulava pilhas dessas peças.

— Não doo nada para parasitas. Melhor reciclar esses panos.

Mandava acender velas no Cemitério da Consolação (jornalistas, publicitários e relações públicas, direcionava ao túmulo de Monteiro Lobato); além disso, ordenava rezas em prol dos entes queridos, conjugadas a esmolas de dez, vinte e cinquenta centavos (nunca um Real), em pelo menos cinco diferentes igrejas na cidade. Benzia sua galera com ramos de arruda e alecrim colhidos no quintal. Menos belicoso, aumentou os rendimentos por meio dos augúrios dos visitantes, bem-amado no tropel de médium inspirado. Batizou a garagem de centro espírita: Aqui não é linha de montagem. Para os crentes, fixou uma placa na porta: Neste chão, pisam os bailarinos do Éden. Da Prefeitura obteve isenção de imposto predial.

Pedágio do destino, antes do último Natal, sua língua entortou ("Sotaque angolano", segundo um assíduo do Centro). Os familiares temiam tumultos pela desconstrução do padroeiro da rua Odessa 1222. Em difícil pronúncia, gritava que inventara a receita da maçã do amor. No Centro Espírita, em concorrida sessão, rasgou a pintura da Santa Ceia. Punhos cerrados, sentenciava que lonas precisam se adaptar às estacas no chão. E parou de atender.

O centro espírita desmantelou-se. Para minha mãe berrava pela janela: Onde está a camisa de cetim bordada de lantejoulas? Para mim, que por último o conduzia ao hospital, soprou quase ininteligível: plante canteiros de tolices sempre iguais. Deteste o bom senso. Esqueça o horizonte, ninguém sabe onde está. Ser odiado é uma ciência.

Desvairado pela creatinina, passou duas semanas amarrado para que não arrancasse os tubos de soro que combatiam sua crise renal. Desgraçadamente, imobilizado e sem fala, não conseguia comunicar o incômodo que lhe infligiam os imaginários pernilongos; e pior de tudo, ninguém atentava para as recorrentes câimbras doloridas nas coxas e panturrilhas, reais heranças genéticas. Exatamente ontem, abandonado na mudança de turno da enfermagem, com a camisa encharcada pela sudorese, desconectou os sintagmas, serpenteando de dor excruciante na cama hospitalar. Ninguém notou a progressão do seu infarto: abismo do qual não voltaria, evaporando tão rápido quanto gotas de orvalho.

Galati

Entreguei à agência turística da minha prima irmã Ana o planejamento da rápida viagem de descanso num recanto da Baviera. Reservei a hospedagem na Taberna do Barão, onde nem os rabos das vacas quebram a paz, e previamente comprei a programação que ela indicou, como havia feito com sucesso em inúmeros outros fins de semana seguidos de feriados. Desta vez, muito ocupada, Ana não veio comigo.

Do *concierge* da estalagem, do tipo que se vê em filme de capa e espada, depois de confortavelmente instalada recebi o ingresso pré-pago para visitar o Museu Galati, palácio de nobres romenos do século XIX. Na entrada cercada de jardins à Versalhes, isolada por um bosque de cedros, éramos três os visitantes agendados com antecedência. Um grandalhão estoniano, grisalho, sem nenhum vinco de alegria no rosto vermelho, terno cinza escuro listrado, testa protuberante em estilo *Molotov*; e uma bávara sexagenária, dentes branqueados em exibição, chapéu, monóculo e tailleur ocre antiquado, modelo que falta de espírito não incomoda. Os meus quarenta anos diminuíam consideravelmente a idade média do grupo formado ante o pórtico cinzento. O prédio de pedra talhada e largos portões, bem conservado, mostrou-se um refúgio de simplicidade e beleza histórica discreta.

De uniforme azul e botões prateados apresentou-se Mila, a guia da minha idade, sorridente, comunicativa em gracioso alemão, envolvendo-nos como se fôssemos amigos de infância e compartilhássemos do seu glossário. Ainda na porta contou-nos a história do palácio que, no século XIX, tornou-se o lar de um rico triticultor celibatário, edificação hoje sob o controle da municipalidade. Mila informou que, alguns acres do antigo bosque da propriedade, agora reserva natural, foram capturados pelo plano diretor da cidade.

No interior do hall de entrada a guia dissertou sobre as obras de arte, a mobília, a arquitetura, os vitrais e célebres eventos ali ocorridos. Debochou da escassa presença de pinturas de natureza morta e enalteceu o conjunto renascentista. O teto do saguão de entrada sugeria uma colmeia. Tapeçarias de tons azuis e brancos retratavam rebanhos de carneiros nos Alpes gelados. Percorridos vários aposentos, pose de bailarina, Mila parou diante de uma porta talhada com anjos barrocos, trancafiada, porquanto isolava aposentos para pesquisas, restauros e gerência do museu.

Ante os insistentes pedidos do estoniano que, olhar de fauno, já se insinuara galanteador para Mila, ela surpreendente cedeu:

— Eu quebro aqui o roteiro e o protocolo porque vocês me cativaram, desde o início, pelo interesse incomum e percepção.

Achei o elogio exagerado, contida procurei me adequar. Entramos, nossas sombras de silhuetas sorrateiras esparramaram-se no tapete felpudo. Pilhas de papéis sobre uma mesa de madeira maciça de uns doze metros; objetos catalogados pelos cantos; ranger de assoalho centenário; e, o desconforto de algum mofo. Meu nariz e a rinite imediatamente acusaram um aroma que associei ao de presunto. E outra surpresa: uma passagem por um falso armário, que girava sobre si, dava acesso a um aposento com cama de casal, uma coleção de armas, outra de bebidas alcoólicas e um banheiro privativo do século XIX. Uma tubulação trocava o ar, por uma válvula moderna estanhada e reluzente, de esmerado polimento. Vibrei com a marcenaria da mobília valiosa.

— A câmara era a alcova privativa do barão de Galati (cidade à beira do rio Danúbio, na fronteira da Romênia com a Moldávia). Era frequentada pela governanta, Gudrum, com quem mantinha uma relação secreta. O romance foi revelado por denúncias do neto desta mulher, descendente bastardo do barão e dela. O rapaz iniciou um contencioso nos tribunais bávaros, pleiteando a posse da propriedade como indenização pelos danos morais de assédio à geratriz. Mila disse que o processo tem sido um prato cheio para a imprensa de Munique, especialmente para os tabloides de escândalos sociais, capturando memória e história, gozo e aflição, sacrilégio e remissão, as melhores molas para e captura de publicidade do mundo cão.

Um croqui do palácio mostra como foi projetada a passagem falsamente emparedada que facilitava, a qualquer hora, a mobilidade do casal entre aposentos. Mila mostrou, além disso, um diário com dezenas de hachuras, todas do mesmo tamanho, paralelas, intactas, que — uma a uma — contabilizavam cada evento no tálamo de carvalho debaixo do mosquiteiro do barão. Risos destravaram os rostos do grupo, o estoniano sempre posicionado a menos de um metro convencional da guia.

Os olhos do estoniano brilhavam. A germânica mantinha sua cara de paisagem invernal. Eu não pude conter a caçoada quando Mila mostrou uma ceroula branca de cetim ou algo que pudesse ter sido usado e escondido pela aventureira atrás de um oratório luterano. A peça tinha bordadas as iniciais de Gudrum Graz

(GG). Já havia estranhado na casa da Chascona, em Santiago, museu da Matilde, mulher de Pablo Neruda, as calcinhas abandonadas sobre a cama do casal, desarrumada segundo a ciência da museologia. Periodicamente lavadas, vai-se saber?

Na Taberna do Barão, de volta ao meu apartamento, livre do xixi, já sem sutiã, pantufas, eu cumpri o ritual obsessivo de transcrever as impressões no meu sagrado diário de viagem. Entusiasmada até dei um teor poético: "hoje foi o agora que demora" Telefonei para Ana a fim de agradecer a divertida recomendação do programa, relatando a vivência perdida por ela, retida num curso em Berlim. De supetão, sua voz solfejada, me intrigou:

— Você percebeu?

— O quê?

— A Mila é atriz e o museu uma instalação.

— Você está me gozando.

— É verdade, o estoniano escreve o roteiro e a alemã assegura a qualidade da representação. São funcionários. Por isso não distribuem prospectos e o ingresso é caro.

— Poxa, na minha idade ainda não perdi a ingenuidade. Vou descer no bar do hotel e tomar um Martini para esquecer a surpresa combinada com a raiva. Vou te matar, cretina.

— Que hotel?

— A Taberna que você me reservou.

— Do Barão? É instalação premiada, você não acompanha revistas de arte? Entrego um combo aos clientes: o hotel e o palácio são invenções.

Pino do Gepeto

O vovô Ismael confere obsessivamente a fluidez da uretra do único neto. E agradece ao céu: Ele tem aquilo roxo. O longo duto de urina e sêmen há de realizar sua glória. No tubo, o ácido úrico debelará infecções.

O patriarca engenheiro químico besuntava o cilindro da criança com aroeira esmagada, azeite e mel, milho moído para ficar duro e grosso. Na primeira infância, o jovem e o vovô já comemoravam o seu colosso — cabeçudo, malho, lutador — conforme a alquimia mediterrânea. Em conluio, Ismael e Idel rebitavam ideias e partilhavam experiências para aguçar o engenho com ingredientes do Levante.

A inserção de um chip antissequestro no escroto de Idel contrabandeou para seu perímetro algumas perobinhas pruriginosas nas virilhas e no dim-dim. O pediatra determinou o fim dessas invencionices, receitando uma pomada com corticoide para anomalias sebáceas e fungos. A coceira passou. Dê farelo aos pombos, o cocho aos bois e trate de respeitar a criança, o médico instruiu o velho senhor, pare com isso. Mas de nada adiantou.

Instigado por Ismael, o neto devorava ovos caipiras galados todos os dias. Havia que perenemente adensar sua virilidade e a futura produção de esperma: Cheira a dália, o menino se gabava no colégio. Entre falatórios dissonantes, colegas invejosos diziam que cheirava a pântano. Ninguém soube do espinho da roseira no quintal que, na páscoa, perfurara a tal da marreta. Em casa, houve terror e melancolia, mas nenhuma consequência, sobretudo mantido o segredo.

As meninas do colégio fofocavam: Nariz grande, pinto grande, vejam o napa adunco do Idel. De bolo, não dou receita, o narciso contrainformava. Deslumbrado pelo seu martelo, tratava-o como seu ortônimo (palavra que aprendeu na aula de português). E simulava modéstia para quem admirava seu bilau: bom é aquele que está de forma certa, na hora certa, no lugar certo.

Quando ressurgiam as perobinhas, mergulhava o danado numa bacia de água com permanganato de potássio. Meu arco do xixi são pingos unidos pelos anjos, gabava-se Idel, quando o assunto magnetizava os primos, tanto quanto a estética dos seios das primas.

O velho e o moço folheavam revistas de pornografia, tanto quanto as do vale do silício, atendendo curiosidades lúbricas, robóticas e mecatrônicas da tecnologia da informação. Na fortuna da internet das coisas, seus cérebros se refastelavam. No torvelinho de vaidades ambos acreditavam que em situação de penúria Idel teria emprego, até como refugiado, no universo pornô. Usuário do chip no meio dos testículos, Idel deduziu que deveria estudar química e engenharia e, juntando as duas, escolheu geologia.

O imã Ismael monitorava longitude e latitude do jovem com o transmissor subcutâneo. Sabia quando Idel estava em aulas, a comprar nas farmácias, quitandas, lojas de departamento. Num fim de semana, o velho acionou a polícia porque o neto ficou retido por um arrastão, dentro do túnel da rodovia dos Imigrantes. Bloqueado por montanhas, o sinal sumiu demoradamente do monitor do avô, resultando na ação policial e detenção dos meliantes.

Com o tempo, este dispositivo afetou os bagos incomodados. Mas não foi retirado. Patrocinado, servia à ciência e à pesquisa na Academia onde Idel submeteu-se a regulares ressonâncias magnéticas e análises de testosterona, hipófise, tireoide, próstata, feromônios, cheiro, cor, ponto de fulgor... com o escroto rastreado e analisado por renomados oncologistas. A ampliação do estudo incluiu controlar dopamina, serotonina e endorfina, tópicos para novas pesquisas. Mas o jovem não se queixava de fadiga.

O dinheiro público ampliou o projeto estratégico — Pino do Gepeto — que proibiu o protagonista de comer cebola, tangerina e carpas, para não prejudicar os estudos laboratoriais que, inconclusos, juntavam dezenas de páginas de resultados comparados. O objetivo científico ultrapassou manejar o tamanho e a espessura da verga, vara ou pilastra da cobaia. Havia que decifrar um sigiloso tópico de segurança nacional, cuidando para que a pesquisa ainda larval não vazasse no Journal of Urology. O alcance transcendia medir estorvos voltaicos, seja pelo aumento das cargas eletrostáticas do chip de Idel debaixo de um cúmulo nimbo, seja em alterações por descargas elétricas da depilação.

Quase tudo se perdeu no dia em que Idel, na piscina rococó da primeira namorada, pôs o gorducho, o nervo, o açoite, para se masturbar no ralo de sucção do filtro d'água. Faltou energia, fez-se vácuo e o coiso ficou preso no chupão do filtro do tanque. Quase foi arrancado pela força da bomba aquática do sogro daquela ocasião. Discreto, um serviçal esvaziou parte da piscina, serrou o cano de cobre liberando o dolorido troféu, enquanto a namorada consolava o malfadado.

Aconteceu que no curso de geologia, o professor de Mecânica dos Solos descobriu que Idel possuía um tesouro corpóreo: um pênis rádio estesiado. O órgão enrijece e mostra, como se bússola fosse, qualquer ocorrência mineral aurífera no subsolo, anunciou o decano para a Congregação da Faculdade. A primeira evidência deu-se numa aula sobre hematite, em Mariana. O experimento pôde se repetir à vontade, conforme exige a epistemologia, com e sem chips no escroto. A ereção não se verifica sobre pedras de calcário, fato comprovado também sobre granitos, micas, quartzos e feldspatos. Só ouro.

Objeto de investigação, Idel testou-se com bauxitas, sílicas, cobalto, terras raras. Untado seu nabo ficava unicamente para ouros de altos quilates. E o segredo circulou nas redes sociais liquidando com o sossego do superdotado. A realidade é mais extraordinária que a ficção, admitia o decano da Congregação. É um cipó caboclo, verga e não quebra. O folclórico entrou para o anedotário das escolas de geologia até que se tornou assunto de governo: o rapaz poderia ser capturado por agentes russos, ingleses, belgas, franceses, australianos, norte americanos e chineses, os principais mineradores do planeta, que se locupletariam na revelação de Minas Gerais. Pior, pelo crime organizado da mineração na Amazônia.

A academia adicionou um segundo chip antissequestro no testículo de Idel, enquanto a estesia voltaria à grade curricular da geologia. O serviço secreto de Brasília designou seguranças da Marinha para vigiarem o fenômeno ismaelita. A imprevista despesa na Armada entrou na rubrica: *Saberes que Se Reconfiguram*.

A fama regeu o cotidiano do geólogo Idel. Desde ricos fazendeiros do centro oeste, oferecendo suas filhas em casamento, até um parlamentar em Bagdá, conclamando o oriundo a contribuir com pesquisas no Iraque, berço do avô. Fracassou a tentativa de fritura do fenômeno enquanto fraude. Consultor internacional, identificou ocorrências auríferas na Mauritânia, nas Ilhas Seicheles e nas Malvinas, ingressando na lista dos bilionários da Revista Forbes. Nada mais se soube senão do seu sumiço no Chifre da África com o grumete de seu iate.

Suspiros

Zulmira

A miúda se perdia entre arrepios e agonias, entre lembrar e sonhar; esquecer e sentir. O melhor de seus dias era brincar de plantar, de cozer, de pescar no córrego Vassourinhas, mesmo no estio, picada de borrachudo e ranhuras nas pedras. Distraia-se com os voos de colibris desviando de pau de ferro entre araucárias.

De chita, sem calcinha, seu domínio compreendia saberes com sementes, iscas e peixinhos. Mãos de roça. Onze anos e já lotava a latinha de marmelada com tatu--bola, sanguessugas e minhocas. Dia sim, dia não, longe de escarcéus e broncas, ia atrás de lambaris e piabas no riacho límpido. De outono a outono, entre os ramos de aroeiras e ipês-amarelos, abençoada por confeitos de nuvens, levava uma frigideira de petiscos ao fogão de barro da casa grande.

A primeira vez foi no curral vazio, na sombra do cocho, grama grudada na sola do pé. Vinha da moenda de mandioca carregando farinha grossa, ainda morna, rumo à cozinha. A segunda deu-se perto do canteiro das rosas brancas e roxas, quase sem perfume. De novo, cedinho e no dia seguinte, antes da inadiável ordenha das cabras: antes do fiapo de aurora e de um par de quero-quero se divertindo no pomar. Doeu no corpo beliscado. Na latitude, apitava o cargueiro da Central do Brasil rumo a Curvelo, itinerante pelo milharal. Vênus ainda brilhava sobre espigas relando nos trilhos.

Entre uma amendoeira e um salgueiro, negava percorrer as rugas do rosto do coronel, dedinhos leves nas cavidades, olhos fechados, apertada pelo peito, revirada, respirando pelo tato. O vento rasteiro, molinho, vergava as taiobas, lambia a vazante. Um fogo besta ardendo nas carnes, nos baixos das entranhas de versos afogados.

A gramática não lhe soletrava piedade. Na fazenda Anaconda, o costume ditava: o que cai da carroça abandona porque não é seu, como as folhas das juremas pretas entre louros. Nada seria seu. Punho fechado, carcereira de si, Zulmira se fraturava na medula do medo e da repulsa, gemendo de encher a garupa dos louva-deus pingentes.

Somaram-se tempos de lunação escura e ganidos de cães. O inominável prosseguiu em grelha de cozimento lento. Muriçocas a atacar no poente, carrapatos de atalaia na galhada, preguiças entre bromélias, répteis escondidos de algum gavião idiota, o arvoredo testemunhando um ou outro outeiro machucado. Breu de peso.

Zulmira enfrentou o horror, mas não a tristeza nas veredas. Memórias no corpo, nos garrotes das jornadas. Na cavidade aberta, a melancolia tomou domínio. Ao fim da estiagem, os ventos impelem a temporada das pipas, alvoradas sobre folhas escorregadias, sombras ao ritmo da corredeira do Vassourinhas a bailar maxixes e polcas. Vê-se muito colar de formiga pelo chão. Vespas a matar tarântulas.

Zulmira, tiquinho caminhante de chão rachado e muita bosta de vaca, nem mesmo visita a casinha de trás. Cruza o varal lotado, desviando de um esterco ainda esfumaçado. Passa lenta à frente do alpendre da varanda, acarinha o vira-lata Sansão, caminha direto às águas. A folhagem crescendo atrás das pedras. Silente na mão, sua faca para limpar peixes. No tempo e nas medidas, ouve a fumacenta locomotiva cuspindo vapor. Apalpa o vaso grosso do pescoço e faz sangue para a lembrança do metal. No restinho de sereno, o jorrar rubro colore um lírio na margem da corredeira. Uma abelha se afasta respeitosa da flor alterada.

Calcinha

Ela declama Circe da Odisseia, a contrariada, que transforma homens em porcos. Sobram desejos neste entardecer. Ela não se conforma com Ulisses afastado nas espumas do mar à frente do apartamento. As finas areias brancas involuntárias se movem por uma rajada de leste. A luz do poente atravessa o seu vestido bege praiano pelas costas. Hora de febre, mutação e de acender a lareira. O peso da luz difrata fantasias. Passeatas de pássaros desorganizam os silêncios. Os raios solares oblíquos me presenteiam com a transparência das suas vestes, os contornos do púbis, o perímetro da calcinha retirada de uma gaveta para nosso encontro. Uma tirinha, um meridiano, que desce da cintura. Fiapo que grifa o contorno entre nádegas ondulantes. Transcende manuscritos.

Para meu reboliço, a confecção põe à prova a carpintaria de longa amizade. Sua topografia estufa meu ventre. Desmancha disfarces, tundas, procelas. Eu, abelha, saio da pupa pela promessa do jantar. Palavras aqui valem rebocos por sacudir. Calcinha, um pano, um composto de céu e inferno, palmeira, murta, cidra e salgueiro. Acepipe de condimentos marinados. Afluência e umidade. Choupo e carvalho. Uma rosca para minhas roldanas, polias e alavancas. Tear de vertigem. Isca do casual.

Não há sinônimos. A intuição derrete mistérios de pedras. Minha tensão transparece no seu radar, o arfar é capturado por Circe que tudo vê. Olho no olho empuxa a urgência, rompe a argamassa da fugacidade e a contenção tenaz. Persuadir, abraçá-la entreabrindo seus ossos? Tantos saraus eu quis dedilhar suas cordas sempre mais graves do que a razão. E agora é sim ou não diante desta calcinha tácita, trilha de ênfase, de verve, de motim.

Engulo a seco as lufadas. E se fosse a única na gaveta, numa escolha apressada, desinteressada? Entre austeridade e premência, teria provado outras antes dessa? Ao lixo os manuais com o chorume do inferno, não harmonizam sístole e diástole. Calcinha desarranja chumbo, aço, alumínio e carnes. Transcende o assombroso e o estranho, baldeia tudo. Caminha no vale da sombra da vida e da morte.

Meu toque tem de ser no cérebro. Me aproximo vagabundo, solitário, sem amparo de qualquer cardume. Sinuoso ou ridículo, se errar pago com pestilência e engulhos, basta uma faísca e colherei desapreço: Circe coleciona suínos. Suspicaz. Astuta, ela se deita na rede, entre pausas, meneios e desembaraços; eu adjacente, ostra presa num rochedo do seu recife. Tudo o que quero é arrancar a peça com os dentes: vermelha, preta ou roxa. Ela se espreguiça na aura da rede que range. Nem finge pudor, nem culpa. Livre de ampulheta para travessuras.

Esperança é memória inventada. Nem cá, nem lá, a calcinha é flexível chave do alçapão. Cambaleio no jardim das sendas que se bifurcam no descarte da vacilação. Nos lugares tomados de assalto, no despedaçamento de rendinhas. Se o fulgor escapulir da carroça, abandona, não é seu. Exato. Espremo. Cavilo nas velas pandas. A noite traz ao chão mais estrada e destemor. Da cozinha do apartamento de cima martelam bifes. O entrecho de Circe são favos nas trilhas do corpo.

Suspiro

— Você envelheceu bonito. Seus cabelos ficaram bem brancos, nada amarelados, luzidios.

— Ninguém escapa desse pedágio.

— Não há receitas.

— Marcas da idade, o corpo não é o mesmo. Sou abóbora a virar carruagem.

— Para que se flagelar? Seus olhos estão vivamente azuis. Se solte.

— Me sinto um muro antigo tomado por heras, quero aconchego e paz.

— Poxa, lembra como ríamos da Dona Dinah, de geografia? Ela era craque no auto deboche. No meio da aula de correntes marítimas dizia que andava desconforme de si. Era muito abstrato para compreendermos.

— Se lembro? A sorte não faz a vida insípida, uma das falas que a gente curtia.

— Dona Dinah obteve a primeira anulação do casamento no Vaticano. O talhe duro, o peito de pomba, uma guerreira.

— Abriu o armário do marido nas núpcias, uma quilha de barco furado. E pregava: primeiro a verdade, depois o amor.

— A gente demorou para entender que seu marido não gostava de mulher. Até suspeitei que ela pudesse gostar de mulheres.

Servido o café e bolo de coco, uma lufada de ar trouxe frescor da janela. Embevecido me levanto para examinar uma coleção de selos sob o vidro da escrivaninha.

— Já volto, a torneira da cozinha está pingando, uma tortura.

Na quarta série, eu a espero na saída da escola. Atraso o almoço sonhando com seu amor. Perseguia Marta pelas ruas Silva Pinto, General Flores, Anhaia e dos Italianos. Atrás da sua saia balouçante, do andar de fada, ignorava até a Esquina dos Presentes, o pebolim na vitrine, o DC3 de chumbo e o revólver de plástico em oferta. Na rua da Graça, Dona Blinche me pergunta por que não estou indo para casa. E me dá um pedaço de pletzale. O Jacozinho do porão grita que encheu de retalhos uma meia de nylon para nosso futebol de tarde nas paredes do Colégio Santa Inês. Não desvio da bunda maçã.

Não tinha esperma, nem pelos. Recém aprendera que filho nasce quando o pai enfia na mãe. Ao perseguir a menina, me atordoavam os peitinhos na camiseta do Grupo Escolar Prudente de Morais. Depois em casa, agarrado ao travesseiro, eu suplicava às paredes que ela me quisesse.

Envelheceu alta, rosto ibérico e cabelo encaracolado, voz aveludada e gestos de bailarina. Pele de esplendor. Agora rugas sobre uma saia acinzentada austera e reta. Os seios sugerem ovos fritos. Foi-se o sorriso imenso, o tule, a organza, o cardigã, o coque com elástico de papelaria. Por que seu convite?

Me elogia, me seduz. À antiga, à antiga. Seu pequeno apartamento (do tamanho do meu) é um cercadinho comparado à casa dos nossos pais. Chão de pedras brancas sem viço, menos iluminado, menos ventilado, uma cela para nossa geração que perdeu a memória da cidade. Nossas referências sumiram. Arrasaram o Teatro Colombo, os trilhos dos bondes. Mutilou-se o Jardim da Luz, joaninhas, coquinhos e caracóis. No lugar de cristaleiras, há fotos no aparador; quadros e gravuras pelas paredes que se apertam contra estantes de muitos livros. Almofadas substituem poltronas. Uma divisória esconde a intimidade do quarto para o escritório, misto de sala de visita. Entrevejo uma aranha com casacos e bolsas pendurados. Uma pequena cozinha, banheiro e terraço para o oeste. Edifícios ocres descontinuam o horizonte. Me atiça, por quê?

— Vou passar um sabão nas mãos, o corrimão do ônibus é cheio de germens.

No teto espio uma infiltração úmida desenhando uma borboleta. A maçaneta pede uma nova, o tapete na entrada desbotado reclama manutenção.

— Mais café? Mais um pedaço de bolo? Sem pressa. Está tão agradável. Esquento. Espera aí, trago suspiros.

Recuso mais café, a xícara tem cheiro de detergente. Sem firmeza, derrama um pouco no pires. Volta à cozinha para trocá-lo. Eu já havia posto adoçante, engulo para não fazer feio. Ela bebe puro. A conversa se esparrama. Observo um remendo de fita isolante preta na tomada acima do rodapé, almofadas puídas. Consulto meu corpo indiferente e plácido. Na minha latitude, ela não dá trégua. Postura de querência. Os braços quase me apanham no ar. O tronco verga em minha direção, seu rosto se energiza. Arqueia as sobrancelhas com vitalidade. O lilás no céu desiste do dia.

— Nem precisa avisar, sempre que quiser minha casa está aberta. Me conte mais da sua vida. Fique mais, não vá ainda.

Observo seu corpo, os lábios vivazes. Será duradoura uma ereção? Haverá pelos brancos, lubricidade em carne cansada? Se doer? E minha nudez broxante, dobras na cintura, manchas de pele?

— Você tem namorado? Reencontra seu ex?

Me arrependo da pergunta, mas ela se ajeita depressa, misto de alívio e amargura, sem piscar os cílios:

— Nas crises saio e compro uma bolsa ou um batom. Às vezes, ligo para ela, a ninfa que me substituiu. Quer dizer, pedindo para chamá-lo. É uma maneira de estar com meu passado, me dá um calorzinho. Perdemos um bebê. Seria o filho de uma relação narcótica, incongruente, bichada.

Faz muxoxo, as pestanas sobem e descem no ritmo de um tear. E retoma:

— Enlutado ele gelou, eu o traía para me lembrar que existia. Eu quis ser mãe e amamentar. Uma amiga me buzinava que os peitos ficam caídos. Ora, peito tem que cair um dia.

— Continua escrevendo?

— Faz muito tempo que não. Não confio mais em mim, sou mais palanque do que atriz. Escrevo por dinheiro, não por reconhecimento. Cansei de atirar pedras no sossego dos outros. Ler eu leio. Sem parar. Você sugere novos títulos? Mais tarde tenho que ir à livraria comprar um presente para uma grande amiga.

Mudo o assunto, desenterro outro. Relembro de você — de barraca em barraca — na feira livre da rua Tocantins, comprando mortadela e bacalhau, almoço de imigrante dos anos cinquenta. Recordo seu desprezo pela pechincha e seu apreço pela abundância.

— Certamente seu talento na cozinha não se perde. Uma vez fui fazer lição no sobrado da rua Guarani e comi o melhor cozido. Me chame quando repetir, ofereço o vinho.

— Não venha me subornar com elogios culinários. Nem cozinho mais. Quero te mostrar, preparei algumas surpresas. Sente-se aqui a meu lado.

Termina o poente, pássaros quietos, penumbra, paz, nenhum estalido do assoalho do vizinho de cima. Compenetrados, ela acende um abajur. Levanto-me da cadeira de balanço e me instalo na poltrona dupla que imita napa branca. Cheiro seu perfume discreto. Veste agora uma camiseta regata branca; colar de aviamentos; brincos maiores do que aprecio; bochechas maquiladas e o batom vermelho demais para uma visita do tempo do colégio, dos bailinhos de eletrola na ausência dos pais.

Rígido, mantenho com esforço as costas retas. Ela me mostra fotos da turma, desde o primário no Renascença, ginásio no Rio Branco, clássico no Mackenzie e depois Letras na Universidade de São Paulo. Amuletos, broches, balangandãs. Eu imóvel, quase sem respirar. Ela versada em astros: no amor.

Ela espalha fotos e cartas sobre meu colo, uma a uma. Caras de anjos, avôs barbudos, matronas aos pedaços. Minhas imagens como orador da turma do ginásio. Vez ou outra, apoia a testa entre minha cabeça e o pescoço. De mansinho eu afago seus cabelos. Estremeço à aproximação. E não é que recolhendo as fotos, cinco delas (três por quatro) caem sobre o meu moletom. Seus olhos cintilam.

Finjo não ter nada a ver com isso e lá vem os longilíneos fura bolo e asseclas, até o mindinho, enfim todos a vasculhar e reaver as pequenas lembranças sobre meu ventre. A mão apalpa os eixos, cordas e secantes. Caça fotos e pesca sentidos. Capturada a coleção, noto um leve tremor em seus lábios. Abrimos as velas, mar aberto. Um aroma de fritura nos invade de fora. Atravesso os Alpes e os Apeninos, progrido e ajeito a mão. Arfa. Aleluia.

— Por que não fizemos antes?

Toca o interfone. Vão-se embora as palavras. Nem há ouvidos interessados. O som do aparelho na cozinha dá coices no ouvido. Ela ajeita a roupa amassada e atende.

— Coma mais um suspiro.

Atraso

Ofereço ajuda para seu texto de formatura. Por que me meti nisso? Nem é tão bonita, nem interessante. Vive o engano de estudante temporã de letras, se endivida numa escola fajuta por um diploma inútil. Não é inocente, não enrubesce, não brilha. Gastei horas pesquisando artigos, revistas, dados de romances na Wikipédia. Apenas cismei com a sua geometria, olhar violeta de néon a piscar teimoso. Os onipresentes bordados de borboletas nas blusas.

Mulheres lindas dão medo, atraem homens competitivos. É guerra continuada e certa. Será que ela vem? Aquele suéter cinza agarrado nos peitos me transtorna. Vestirá um decote, alcinhas finas? Seus seios não são grandes, mas pontudos. Que mamilos! Suas coxas inspiram gula. O lábio inferior um pecado. Serei suficiente para seu coreto?

Ontem, no escritório, perfume inebriante, ela se abaixou para abrir uma gaveta. Eu atrás formiguei sentado na cadeira giratória, bem na altura da sua melhor geografia que se olha horizontal. Trajava saia plissada, cinza clássica, livre da costumeira enxaqueca. Na véspera, de túnica, corda amarrada na cintura, o efeito foi o mesmo. Plasmática, sensitiva, sabe das coisas. Sempre que me dá as costas aplica um puxãozinho no que for — blusa, calça, camiseta — ajeitando a cintura, antes ou depois do expediente.

Neste sábado, marcamos aqui no escritório, sozinhos os dois, às dez da manhã. O atraso já passa de dez minutos; meu coração acelera. Arroto antes que toque a campainha ou trará sua chave? Me propus estudar autores franceses do século XIX para sua dissertação. Revi cadernos, apostilas de colégio. E desde que combinamos este encontro, dediquei-me à bibliografia. Cheguei doloso, bem antes, pus as cervejas no freezer, organizando os salgadinhos que comprei na padaria. Na bacia de gelo, pus uma garrafa de espumante e, numa travessa, canapés a pretexto de aperitivo para o almoço ao final.

Empilhei o que colhi sobre a mesa de reunião, onde as cortinas são escuras para projeções e impedem bisbilhotices dos vizinhos. A mesa será meu tatame de oito metros por dois de largura. Cadeiras de conselho são sempre macias e, neste caso, vermelhas, aquecendo os sintagmas. Se puder aperto o corpo dela no aparador na altura da pélvis.

Por que me arrisco nesta pirueta? Ela conhece minha família. Mas, estremeço de lembrar seus pés que, vez ou outra, roçam os meus no árabe onde lanchamos. E se vazar? Minha filha humilhada é fera, nem assim mutilo meu desejo. Quinze minutos de atraso.

Que bênção acariciar sua vulva pela primeira vez; sua respiração se alterando; seus primeiros gemidos; ter os lábios mordidos pelo descontrole e escutar "Como é bom, porque não fizemos isso antes". Levantar a aba do vestido e, de repente, captar um ofegante "Ai, amor". Na olaria do mundo, já são dezoito minutos de atraso. Avisei o porteiro do prédio que permitisse a ela estacionar o carro numa vaga de diretoria.

Eu a contratei há oito anos, craque em computação, o suficiente para me dar aulas, inclusive de inglês. Ela, grata, cuidou dos assuntos com qualidade e eficácia. Intuiu meu tesão que dribla no limite do que aceita de perto ou no perímetro do nunca longe demais. Chama isso de nossa amizade. Cabelos lisos que admiro. Voz de cristal, cintura fina, aguda-agridoce. Olhos abertos, pouca sobrancelha, nariz que uma ricaça mudaria com cirurgia plástica.

Vinte minutos. E se eu desagradar? E se ela espalhar na firma que não tenho pegada? E me acusar de assédio? Eu gosto dela. Não quero, mas sinto. Quarta-feira passada, descemos até a garagem para buscar uns impressos e vimos um SUV vermelho, parecia um caminhão, dificultando manobras dos demais. A musa, inesperadamente, debochou: "Esse tem o pinto pequeno". Trinta minutos. Decido ir embora.

Não deu. Fecho tudo: luz, ar condicionado, deixo os papéis na mesa, faço um xixi e penso: algum anjo da guarda está me protegendo. Tranco as travas de segurança, chamo o elevador. Pela primeira vez conto os furos dos tijolos vazados do hall. No térreo, saio na calçada, nem sei para quê, a avenida parece de moinhos onde o real afoga a ficção.

Pois lá vem ela, sabática, blusa branca transparente, mamilos duros na brisa fresca, tomara que caia, saia rodada quatro dedos acima do joelho, batom vermelho, unhas lilases, sorriso de orelha a orelha, atravessando a rua em minha direção e mão dada com o marido. Lavas se movem no meu intestino.

— Bom dia. Separei pilhas de dados para você. Ao rapaz, com olhar do tipo do eu sei tudo, finjo firmeza, mas ele sabe que estou estripado. Quer vir? Temos os jornais do dia, notícias do desconcerto do mundo.

Diadorim

Não tolero ferraduras gastas, troco. Gosto do meu couro ocre escuro, dorso saliente apesar de uma vértebra a menos do que os equinos. Rabo impecável, sou impermeável a afrontas. A estirpe herdei da mamãe, égua de Longchamp, banhada com shampoos e perfumes Lancôme, velocista no circuito Londres-Paris. Dela tenho a postura e o trato, me encilham com enfeites na barrigueira, na cabeça e uso argolas no pescoço. Nem sei quantas tenho e quero mais. Elegante, nem mesmo movo as orelhas para espantar vespas.

Com um cromossomo a menos do que os sessenta e quatro da mamãe, honro o papai — asinino de um metro e meio, parrudo, chegado de Montes Claros para pesquisas zootécnicas em Arles. "Que pegada tem este baixinho", elogiava mamãe. Tamanho não é documento. Ele a seduziu num instante, quando se cruzaram num laboratório de análises clínicas. Ela, no cio primaveril, topou rápido. Suas elegantes orelhas, maiores que as dele, seus pelos cinzas encantaram o jegue em longa crina macia. Melhor? Nem em poemas.

    Sou lenta nas planícies espanholas, mas supero mamãe em terrenos alpinos. Formosa como ela, trabalho de modelo para acessórios equinos. Não sou montada e não levo carga, não concorro com veículos automotores. Bênção que herdei, eu adoro dar. O céu me livrou de cios embaraçosos e arroubos casuais me divertem. Mais sentimento do que razão, quero ser um organismo produtivo.

    Ando agressiva, estranham meu relincho menos melodioso. Filha de mineiro, me dou por desconfiada. Se o perigo se fizer de relance, empaco e do lugar eu não saio. O instinto ferve nas entranhas. No ódio não me provoquem, não transijo. Na cocheira testemunham o estresse que estou vivendo. Nunca careci tanto de psicanálise, mais do que na acupuntura que recebi para uma cólica estomacal.

    Não ligo para preconceitos de zoólogos: desde 1527, registraram sessenta bebês nascidos de nós, ditas inférteis. Me entusiasmam esses números. Agorinha mesmo, na Universidade Federal de Minas Gerais, um pesquisador comprovou que ovulamos, fez inseminação artificial numa colega de Salinas e obteve um muar de laboratório. Muar?

    Me chamam de tudo... prefiro mula, árabe de patas finas das planícies do Magreb. Sonho com a maternidade, seja por coito ou por inseminação. Adoto um potro? Experimento os métodos de Belo Horizonte? A mais antiga experiência de biotecnologia é o cruzamento de égua com jumento. Tenho nas veias os cavalos das pradarias, rápidos para escapar dos predadores. E pertenço à linhagem de jumentos inteligentes para sobreviver nas montanhas. Falta-me reconhecimento, ser estrela de cinema.

Tratadas de modo afetuoso, abandonamos os famigerados desabafos de mula. É injusto o apelido de mulher de padre. Felizmente vivo em Provence num mar de lavanda. Em França, mulher infiel não é mula preta, nem mula sem cabeça. Moralistas nos torcem o nariz. Dou, dou, com orgulho, sem cínico pudor. Não me custa e às vezes não sinto nada, porém gosto da placidez dos machos satisfeitos. Não tenho pretensões de ser a única.

Acabo falando e falando. Quero esclarecer tudo neste interrogatório. Busco o beneplácito da justiça europeia: ganhei o prêmio de Múrcia, a mais bela mula do Mediterrâneo. Depois disso, só penso em parir no Brasil. Mutilar minha narrativa? Na situação difícil em que me meti, sonho com Minas Gerais. Olha, tem um manga-larga, aqui no hipódromo, que seria bom parceiro e pai. Ele tem minha idade, quatro anos. Temos tudo a ver, até nossos estrumes se misturam na jardinagem de Arles, Nîmes e Avignon. Várias vezes tomamos banhos juntos. Mas ele é de pouca conversa, seu silêncio sólido dissimula demais.

Não fica erétil na minha companhia. Assexuado? Será gay? Em compensação, seu olhar é pura dedicatória, abre o coração. Preciso do seu esperma antes que me nasçam pelos sem cor. Tenho fé que meus ovários funcionam. Hormônio eu tenho.

    Bem, vamos ao ponto. Sou inocente, rejeito a deportação. Absolvida partirei. Matei, sim, dei coice em dois *skinheads*, mas não tive intenção de matar os boches. Na madrugada em que entraram na minha baia, eu mastigava centeio ucraniano e um tufo de trigo argentino. Cortês, indulgente, não tolero vilanagem. Eles me atacaram por trás. Um puxava meu rabo e o outro a crina. Doeu. Senti como ferro em brasa e reagi sem pensar. Do primeiro, esfacelei a testa para dentro do crânio. Do segundo, quebrei logo as vértebras, quando tentou fugir. Para esses monstrengos, mula é transportadora de drogas. Na Rádio França Internacional, já tinha ouvido que *skinheads* espancaram até a morte uma mula afegã, em Assis, na Úmbria. Pura diversão na treva.

    O problema é universal. No Vale do Jequitinhonha, em Pedra Azul, a demorada seca levou capatazes a abandonar no campo os animais sem serviço. Por isso, a mula Nefrite, solta por lá, surpreendentemente deu cria. E preciso divulgar o extermínio dos meus tios, tias, primas, substituídos por Hondas e Yamahas no sertão. Muares morrem exportadas para consumo de carne. Brasília nada faz. Até sonhei que me trocavam por uma Vespa no Languedoc.

Seja justiça ou benevolência, libertem-me. Documento de brasileira, sigo para Belo Horizonte, daí a Bom Despacho e depois Minas Velhas, onde Guimarães Rosa nos percebeu. Terei minha produção independente, mesmo com saudades de Saint Remi e antes de a morte começar o seu trabalho. Prenhe, não haverá farsa. Se for burro, se chamará Riobaldo. Se mulinha, Diadorim. Vamos pastar pelas veredas e riachos com piabas e ninhais de garças.

Balancim

Amanhã, sucata, despeço-me, derreto sob uma tocha de plasma mais quente que o sol. Deixo de ser sólido, líquido ou gasoso, estarei inominável. Uma centrífuga separará minhas moléculas de aço, alumínio e zinco recicladas para novas aplicações industriais.

Por dez anos servi seu Nicolau pendurado entre dezenas de andares; tangenciei paredes de cimento, tijolos e pastilhas, janelas de madeira e de não ferrosos, vidros, alcovas, banheiros, cozinhas, lavanderias e salas de reunião. Conheci o ser humano no picadeiro e a linda frase: as coisas têm coração.

Prospectos me anunciam como cadeirinha suspensa, cadeirinha sobe e desce, cadeirinha para pintura O diminutivo irrita. Paciência, bastaria cadeira. Sem misoginia. O fato é que sou balancim masculino. Deus não inventa duas palavras para a mesma coisa. Nas lojas de materiais de construção, as filipetas me recomendam para serviços de pintura, limpeza, conservação de fachadas, batentes, janelas, em poços que necessitam do meu corpo esguio e compacto.

Envelheci. Me apropriei de imagens, lendas e entrechos por centenas de manhãs. Houve jornadas e jornadas, mas agora seu Nicolau me descartou, comprou você elétrica para a minha função. Pois ouça minha história — antes de você estrear, antes de conhecer delícias, mofos e traças. Anteveja noites quentes, nuvens de mosquitos, cupins, umidade, orvalho, maresia e ventos, odores e zumbidos. Saiba que os ruídos da cidade nos alcançam, especialmente as odiosas sirenes, serralherias, alarmas antifurtos, bate estacas, betoneiras e britadeiras. Não existe rota de fuga.

Enquanto se mover entre pilares, dê o melhor de si para seu Nicolau, abstraindo sua flatulência. Não se incomode com oxidações, ferrugens, amassados e desbotamentos. Não se inferiorize no convívio com balancins de oito metros de comprimento, em aço tubular e alumínio antiderrapante. Jamais nos substituem em trabalhos baratos e espaços apertados. Quem pode — senão nós — salvar um cachorro caído num poço estreito?

Nada é só bom. Raspar ou ranger faz parte do nosso ser flexível e musical; aceite os vaivéns dos cabos que nos sustêm na brisa. Nem ligue se reclamam de nossos ruídos que perturbam os apartamentos e os escritórios em horário comercial. Se faltar energia elétrica, seu Nicolau, um gato, gira nossa manivela e desce cada andar.

Sofremos desgastes que requerem nervos de aço. Comigo, um assaltante tentou descer em fuga desesperada do terceiro andar, mas a trava manual falhou e escorregamos os dois até o mezanino. Aí, o cara deslizou pela corda e perdeu um mindinho cortado pelo cabo de sustentação que agarrou. Tomei banho de sangue enquanto o bandido rebolava de dor pelo cascalho.

Ao relento, raramente provamos o tédio. As doninhas e as borboletas, baratas, morcegos e vermes não dormem. Formigas são bastante ativas. Acostume-se. Das janelas, terraços e varandas jogam papéis, restos de comida, pilhas e objetos que desfiguram nossa elegância. Despejam líquidos, vômitos e, claro, catarros, restos de feitiçarias.

Bêbado, seu Nicolau é grotesco. Noutro extremo, o mesmo Nicolau lacrimejava no florescer de uma margarida. Após uma década lhe digo: é um cara singular com volúpia de estivador.

Mês passado fez cinquenta anos; conheci com quarenta. Trabalha brincando. Cedo, banhado, ajeita-se em mim afrouxando os elos no limite da imprudência. Acha que dá conta de tudo. Mulherengo, estapeou uma zinha que caçoava dele, depois de ela gemer em seus braços, um som tão alto que atravessou um vitral de banheiro. Ele mesmo, naquela vez, desceu correndo pela sacada.

Assisti seu Nicolau se arriscando para estancar uma enchente num quarto e cozinha, onde esqueceram uma torneira aberta, evitando que a água caísse no poço do elevador queimando seus motores. Noutro evento, num asilo vertical, fez um favor para um conhecido, cuja veneziana estava por desabar: ali esqueceram uma panela no fogão aceso e era uma fumaceira só. Também livrou de choques um cadeirante se queimando num fio desencapado. E olhe que seu Nicolau teve o fura-bolo bem chamuscado.

Até já evitou um estupro, numa subida do nono para o décimo andar. Impediu que uma babá batesse em criança na ausência dos pais. E deteve um adolescente prestes a se enforcar. Seu Nicolau é um herói que registra sentimentos e pensamentos num caderno. Ser livre é fixar pronomes onde eu quiser.

Como será ter hormônios? Me perguntei depois que permanecemos por semanas numa lavagem de pastilhas externas de um edifício *art nouveau*. No nono andar, sempre coincide ser nono, no nono dia de trabalho, seu Nicolau empacou. Foi numa sexta feira, fim de expediente. A dona lhe serviu um café pela cortina entreaberta. Mal se viram, foi o clichê: sol e lua.

Seu Nicolau anotou no caderninho: "Nasci de novo". E, entre peidos e arrotos, cantarolava qualquer melodia que viesse à cabeça. Escurecia e lá ia seu Nicolau fazer etc. com a dona até começar a novela das oito na TV. A zinha não podia perder capítulo. Despendi um tempão na janela dessa sala de visita, de onde um gato caolho pulava no meu assento a saborear a fresca. Seus miados atrapalhavam a escuta dos gemidos da dona, como se recebendo facadas a pedir mais. No poente em que a lavagem das pastilhas terminou, pude ouvir gritos dela, "cachorro", "vagabundo", "gigolô". Subitamente despejou uma panela de sopa de ervilhas sobre mim, que pernoitei cheirando cozimentos, os mesmos dos fundilhos do seu Nicolau.

No último serviço, trabalhei num prédio que precisava de restauro. A obra corria quando o imóvel foi invadido pelos Sem Teto. Estagnou por não sei quanto tempo e lá fiquei no nono andar, onde conheci Pedrinho, sete para oito anos, em meio a um alarido de sabiás.

Desde que me descobriu, entregou-se a me dar seu mundo. Pela janela da sala, ele me olhava demoradamente, sorria sem os pré-molares perdidos. Considerei sua vontade de se sentar em mim. De brincar comigo. Até me retratou a lápis em toalha de papel.

Vendo-me esturricar ao sol, Pedro esvaziava mais de um bule de água para me resfriar. De noite, me cobria com uma estopa. Apontava-me aviões que cruzavam o céu e nuvens com perfil de bicho. Perguntava-me se papai Noel viria pelos meus cabos; se o medo de cair me afligia; e se seria alto quando adulto.

Observei seu espaço-templo de dezoito metros quadrados, sua nudez, seus movimentos a povoar minhas horas. Convivia com os ratos que em lugares escuros não dormem. Sua mãe não tinha hora, nem rotina. Os dois não comiam duas vezes todo dia. Moreno de olhos verdes, magro, pequeno, desproporcionalmente forte e ágil, espigado subia nos batentes de portas, um pé de cada lado, um ninja exibido.

No nariz, um corrimento constante que não assoava. A bermuda curta deixava escapar pernas de pele no osso, assim como da camiseta saiam braços magros como ramagens. Atravessava as horas inventando usos do tempo. Até que meninos adolescentes do prédio ocupado começaram a visitá-lo.

Não se via nenhuma família. Na ausência da mãe, militante do Movimento dos Sem Teto, a turma trazia bala de mel, paçoca, um terço de pão francês, que Pedro devorava. Os maiores foram ficando mais tempo no apartamento, depósito de bandeiras e cartazes dos ativistas.

Os adolescentes brincavam de quem mija mais longe, quem tem o pau maior, ou jogavam baralho estendidos no chão por varrer. Pedro assistia ou participava quando um fumava tocos de cigarro, outro dormia e todos procuravam, sem música, aprender coreografias de funk. Sobre energizados, deram de quebrar paredes com uma marreta, que a mãe de Pedro — como se fosse proprietária — proibiu — parem essa calamidade, é uma laje de sustentação do prédio. Querem se matar?

Exploravam curiosidades nesse pequeno espaço. Conversavam sobre adaptar uma gaiola para capturar pombos. Queriam construir pipas para brincar ou vender. Trazer galinhas para comer ovos. Folhear revistas de mulher pelada capturadas no sétimo andar.

Houve um eclipse do sol na tarde da reintegração de posse, em que a Polícia Militar veio expulsar os ativistas. No tumulto, o maior da turma trouxe um revólver e se abrigou junto do Pedro. Ergueu uma trincheira com tijolos das marretadas e armou-se com mastros de bandeiras. Uma fumaceira de bomba de gás se propagou no tablado e não me possibilitou testemunhar o andamento do embate. Estrondos e, ao final, sem despedidas, Pedro refugiou-se em mim, mas desequilibrado caiu, enquanto o outro era carregado num saco fechado a zíper.

Um fotógrafo da corporação, que retratava a arma largada no chão, repetiu o jargão para um perito: "Um fim horroroso de um horror sem fim".

Pronto o restauro do prédio, selou-se o meu destino. Seu Nicolau, sem indecisões, rezou um Pai Nosso e em busca do esquecimento, no lajedo cinzento desta garagem, me descartou junto de alguns malmequeres murchos.

Marguerita

Pode servir a marguerita, massa fina, orientei com delicadeza, como se comer anestesiasse fissuras do amor. O queijo borbulha. Terei de mastigar devagarinho, se errar lacro o pulmão. Dois quilos de farinha de trigo, quatro tabletes de fermento biológico, dez colheres de sopa de água, sal a gosto, pitadas de açúcar, duas fatias de *muzarela* fresca...

Lembro que o martelo lá de casa fica atrás da porta de entrada há 53 anos, polêmico desde que casei. É uma marreta de demolição, velha, sem ruga, sem o poder de arrancar pregos. Quando a comprei foi imaginando me defender de ladrões, não tenho armas e minha glote é estreita a desaforos. A sorte pede atrevimento e jocosidade, meu martelo requer braço, mão, dedos, a espátula de pedreiro e melodia para o inesperado.

Também se chama Marguerita, porque meu neto apelidou. De silhueta disforme, ameaçadora, sem graça, um talismã, uma carranca contra mau olhado, por isso um dia será do menino. Marguerita pesa nove quilos, seu cabo de um metro aferia quanto esse guri vinha crescendo, enquanto me protegia de não sei o quê. Sem bula, sem rótulos.

Com a proliferação de máquinas de demolição, nunca mais vi nas lojas de materiais de construção uma marreta igual. Minério de ferro de Germanos, da mina Alegria da Belgo mineira. Cabo de pau de ferro, duro como diamante a calcinar o tempo. Sépia daquelas que Van Gogh e Caravaggio buscavam. Cabo com ares de bailarino russo sentado no ar, chutando as pernas ao alto. Perfil austero de quem sabe.

Sofri pressão nesses anos para dar embora esse apego, afinal ocupa espaço e é disfuncional para o apartamento. Sofri constrangimento daqueles de elevador em que um maldoso aperta os botões de andares. Resisti pelos afetos insuspeitos por coisas antigas. Domingo, quase chorei ao entregar para a faxineira as botas em desuso, de cano longo, pretas, de montaria e de mateiro, que reporiam as furtadas de seu filho recruta no Exército.

Pior com o sobretudo que comprei na Escandinávia, grosso, ótimo para a neve. Ele ocupava um quarto do guarda roupa, quando pedi a minha mãe que o guardasse folgadamente em sua casa no Morumbi. Pois não é que num rompante ela o doou, sem me consultar, para a caridade da igreja pentecostal vizinha? Humilhação às vezes promove dignidade.

Olho salivando para meu pedaço de pizza, menor do que a palma da mão. Tenho consciência de que as bordas durinhas — que serro e disponho enfileiradas, raspando a lâmina da faca na cerâmica do prato — terei de entregar para minha mulher, que dirá aos nossos convivas que eu gosto dela a assaltar meu naco. Que é avessa a queijo, mas adora a beirada. Que provar minha comida é tragar minhas dimensões.

Corto um pedaço para levar à boca. Saboreio a azeitona preta sem caroço. Felizmente ninguém furta minhas azeitonas. Vi muitas oliveiras em viagem, mas nenhuma azeitona preta. Umas verdes, em Avignon, eram ridiculamente pequenas. Galhos inexpressivos, tronco para ninguém abraçar e folhas de enfeite de árvore de Natal.

De onde vem o nome marguerita? Azeite, farinha, tomate, que gostosura. Felizmente sumiram com uns simulacros de pizzas quadradas que grassaram em São Paulo. Exijo geometria, obedecer ao círculo e o triângulo. Só rejeito as de anchovas salgadas, cardumes para outros escritos da série de peixes zombeteiros.

Se pizzas são efêmeras, jantar em pizzaria é a alegoria da infidelidade, seja por baixo da mesa, seja para aventuras não coreografadas, não convencionais. Ambientam bilhetes para um café, guardanapos com torpedos de paquera, apelos sensuais. Assisti meu neto comendo pizza com cobertura de chocolate, foi pior do que testemunhar não *oriundis* partindo ao meio um espaguete. Pizza de alho, abobrinha, escarola, camarão, linguiça...entraram no campo do possível. No meio, entopem a gaveta das escolhas: pizza de sorvete, de abacaxi e outras que latejam na mesa ao lado, cujas bocas se abrem para abismos desconhecidos.

Mastigo as últimas lascas da minha marguerita ainda morna. Suas farinhas viajaram pelas nervuras da terra, agora nas minhas entranhas. Confio no vinho tinto a metabolizar o humor entre tristezas e melancolias, minhas estufas que não se desligam. Abro a porta de casa e lá está ela, Marguerita, à frente dos ladrilhos, pronta para uso, a marreta virgem que bem esmagaria trigo num monjolo com cabaça de pedra. Esmagaria disparates num ritmo sem susto. Fria entre os arabescos portugueses que a cercam. Ela assegura a elegância de não ter pressa alheia aos punhados de possibilidades entre comidas e convivas, ao sabor ancestral de cantina.

Mitral

Eva amava incongruências enquanto vasculhava a vida. Balzaquiana, era o que mais gostava de fazer, quando seu médico, André, a notificou: a válvula mitral do coração tem de ser substituída. Eva amava incongruências enquanto vasculhava a vida. Sustentava que o medo é indecifrável, juiz e carrasco. Sentenciava que pescar requer silêncio, escrever também.

Qualificações morais não mudam naturezas. Muitas vezes são lugar de devastação.

Eva nunca sepultara o corpo, o flerte, a floração, a sensação de habitar a si mesma. Reflexos, refrações, os instantâneos passam, mas a *flaneur*, não. Decidiu que seu lugar se definia pela polissêmica palavra entre.

Divagação e objetividade em noites de insônia, nem precisava de um novo alfabeto de imagem ou decalque do real. Haveria de servir a si mesma, inaugurar um tempo que fosse tudo, que entrasse pelo estômago como fogo.

Será que alguém ainda olha para alguém? Sobrevivem peripécias carnais e embates morais?

Carregou o celular e as vísceras. Que se danasse a estética dos erros. A terra ouve nossos rugidos. Não há tranquilidade virtuosa. E ofereceu-se na internet, quase sem legenda, nenhuma absurda, buscando mãos operárias, oferecendo pernas bailarinas, precavendo-se no pântano da mentira.

Em botão, na discoteca do paradoxo, venceu rugas e traumas, vergonhas, repulsas e ambiguidades. A aventura pode ser um elevador que nunca chega, escumalhas de atoleiros, miasmas de fossa, abstração obscena. Rasteiras, mas faz o sangue circular.

Espremida nos desmandos entre fantasmas, faltou ar. Eva revisitou o cirurgião com um poema na mão: sou composta por urgências. Minha aldeia só tem aqui/ Não sinto dor ou cansaço/ Rebobino meus filmes.

André pediu desculpas. As conclusões do ultrassom pertenciam a outra mulher. Não saberia como reparar o malfeito. Laços sufocam. Dela não cobraria nunca mais uma consulta. A pequena lesão na sua mitral datava do nascimento. Merecia acompanhamento, mas mínima preocupação.

Eva viu um colar de formigas na parede e tombou. Desfaleceu de boca aberta como alguns adultos. Não aspirava uma gota de ar. Uma chuva borrava a janela do consultório sem energia elétrica para descarga no peito da infartada.

**SATHEL
Energia**

Esta obra foi realizada com o patrocínio cultural da empresa
SATHEL ENERGIA S/A — Equipamentos & Serviços

Este livro foi composto em Minion Pro
e impresso em papel pólen bold 90 g/m²,
em outubro de 2022.